追われ者

はぐれ同心 闇裁き9

喜安幸夫

時代小説

二見時代小説文庫

目次

追われ者――はぐれ同心 闇裁き 9

一　夜鷹の意地

一

ときには秋風を感じる文月《ふづき》（七月）に入っていたが、朝から夏があと戻りしたような日だった。それが夕刻になっても収まらない。
江戸の町々では武家地も町場も、その蒸し暑さを昨今のご政道に重ね、
――まともじゃない
諸人《もろびと》は感じ取っていた。
同時にそれは、持って行き場のない、
――不安
を助長するものでもあった。

とくに市中取締を厳にしなければならない奉行所の与力や同心たちは、諸人にさきがけ、一層の不安というよりも憂鬱《ゆううつ》さを覚えていた。

だからだった。

日暮れてから八丁堀の組屋敷の冠木門《かぶきもん》をけたたましく叩く音に、鬼頭龍之助《きとうたつのすけ》はびくりとした。

飛び込んできたのは、岡っ引の左源太《さげんた》だった。股引《ももひき》に腰切半纏《こしきりばんてん》を三尺帯で決めた、いつもの職人姿だ。

「龍兄《たつあに》イ、死体だ！　女の！」

息せき切って言う。

斬殺体で、斃《たお》れていたのは夜鷹《よたか》だという。

「なんだって！」

龍之助は驚くとともに、

「合いすぎているぜ。この日によっ」

思わず舌頭《ぜっとう》に走らせた。

奉行所の同心たちはきょう、柳営《りゅうえい》（幕府）からの新たな下知《げじ》を受けたのだ。寛政《かんせい》元年（一七八九）の文月、世にいう松平定信《まつだいらさだのぶ》の〝寛政の改革〟が、強引に進められている最中だ。

北町奉行の初鹿野信興《はじかののぶおき》が騎馬で与力に中間《ちゅうげん》、小者を随《したが》え、内濠竜之口《うちぼりたつのくち》の評定所《ひょうじょうしょ》から肥後《ひご》細川家と三河《みかわ》松平家の上屋敷を隔てただけの、外濠呉服橋《そとぼりごふくばし》御門内の奉行所に戻ってきたのは、その日の午《ひる》をかなり過ぎた時分だった。

奉行所内では、一月《ひとつき》ほども前からその噂《うわさ》はながれていた。なにしろ謹厳実直で知られる奥州白河《おうしゅうしらかわ》藩主の松平定信が老中首座に就いたときから、この事態は予想されていた。商業を重んじ世の活性化を進めた田沼意次《たぬまおきつぐ》を完膚《かんぷ》なきまでに否定し、つぎつぎと打ち出したのが、世の綱紀粛正、質素倹約、学問の奨励に武芸の振興、華美に走った風俗の徹底排除……等々だった。言うだけではない。実がともなった。

町衆《まちしゅう》と直《じか》に接する定町廻《じょうまちまわ》り同心は役務が極度に増え、悲鳴を上げているところへ、

「――いよいよ手をつけねばならないらしいぞ」

奉行所の同心溜《だま》りで額を寄せ合い、互いに困惑の色を深めていた。それぞれ町に出れば、

「――お上《かみ》のお達しぞぅ」

怒鳴りながら、表通りから裏通りへと、奢侈《しゃし》の取り締まりに奔走している。着るものに履くものに食べるもののつぎは……女だ。

それの始まりが、きょうだったのだ。

奉行の初鹿野信興は与力に定町廻り同心、隠密《おんみつ》同心らを広間に集め、柳営からの下知を伝えた。

――これまでも隠売女《かくしばいじょ》は堅く差し置き申すまじきところ、近来猥《みだ》りに相成《あいな》り
もちろん、奉行の言葉ではない。初鹿野信興は松平定信から下知された書面を淡々と読んでいるにすぎない。定信が言う〝近来〟が、田沼意次の治世を指していることは、聞く者一同の解するところである。定信は、すでに世を去った意次をさほどに嫌悪し、今日の〝奢侈《しゃし》悪徳〟のすべてを意次に着せている。

口上《こうじょう》はつづいた。

――かかる風俗はよろしからず、諸人は職を怠《おこた》り、処々衰微《すいび》に及び、離散の者も出《しゅっ》来《たい》いたし、且《か》つ悪《あ》しき者も立ち入り
龍之助をはじめ、聞く者はいずれも、

（こじつけもいいところ）

胸中には思っている。

奉行の淡々とした口調はなおもつづいた。

――自今《じこん》、隠売女は一切差し置き申すまじく、もし隠し置きたるを外より相顕《あいあら》われ

候《そうら》わば、その所の役人どもまで詮議の上、屹度《きっと》お仕置き仰《おお》せ付けらるべく候こと、一同の者、心せよ

通達は終わった。

龍之助は、広間ではいつも末席に座る。そのあたりが、同心たちの本音《ほんね》が一番よくあらわれるのだ。

「――ふーっ」

周囲に溜息が洩れ、互いに顔を見合わせた。

(困った)

どの顔にもあらわれている。

隠売女……吉原《よしわら》以外で操《みさお》を切り売りする女たちのことだ。町々の岡場所をはじめ、ところを構わない茣蓙《ござ》一枚の夜鷹《よたか》など、すべてその範疇《はんちゅう》に入る。

取り締まってなくなるものではない。末席の同心たちの溜息は、そのことだけではなかった。同心溜りに引き揚げてからも、溜息はつづいた。小者の淹《い》れた茶を飲みながら、

「――いやあ、困りましたなあ」

顔を見合わせる。さきほどの通達に〝その所の役人どもまで詮議〟とあった。そし

て〝屹度お仕置き仰せ付けらるべく〟と、そのあとにつづいた。

このとき一瞬、広間に緊張の糸が張られた。自分の受持ちとした町で、他の同心が夜鷹の一人でも挙げれば、受持ちだった同心が〝お仕置き〟を受けることになる。顔を見合わせ、すぐ目をそらす者もいた。

よそよそしくなった同心溜りへ、与力の平野準一郎《ひらのじゅんいちろう》が入ってきた。一同はさきほどの下知に、具体的な指示があるものと威儀を正した。平野与力は、

「──やれやれ」

無造作に胡坐《あぐら》を組むと、

「──みんな、ご苦労だなあ。ま、お互い合力《ごうりき》して、お奉行が柳営で申しわけが立つだけの容《かたち》はつくってくれ」

投げ遣《や》りな口調で言うとすぐに腰を上げ、さっさと同心溜りから出て行った。ちょうど退出の時刻だったのがさいわいだった。

平野与力は、

(──お互い、密告《さ》すようなことはするな)

と言い、それでいて、

(──具体的な成果は挙げろ)

と、言っているのだ。

それぞれの胸中にながれているものはおなじだった。成果を挙げれば、意図しないまでもそれが同輩の〝お仕置き〟につながることもあり得る。

「――さあ、私もそろそろ」

「――あゝ、もうそんな時刻ですなあ」

同心たちもそれぞれに腰を上げはじめた。

(――ま、俺は俺で行くさ)

龍之助も思いながら腰を上げ、

(――したが、俺の縄張《しま》には手をつけさせねえぜ)

胸中につぶやいた。

その夜なのだ。

「場所は！」

いつもなら左源太は庭から縁側に飛び込んでくるのだが、いまは夜で雨戸を閉めている。寝巻きのまま玄関の板敷きに出た龍之助は訊《き》いた。左源太は玄関の三和土《たたき》に立ったまま、

「新堀川《にいぼりがわ》の川原、それも中門前《なかもんぜん》三丁目のあたりでさあ」

「なんだと！」

夜鷹殺しの第一声で眠気を吹き飛ばされた龍之助だが、さらに場所を聞き、いささか狼狽《ろうばい》の態《てい》になり奥へ向かって、

「茂市《もいち》、ウメ、出役《しゅつやく》だ！　すぐ用意をっ」

「えぇえ！」

茂市の声だ。

「まあまあ、左源太さん。こんな夜分に」

ぬるくなってしまっているが、茶を淹れおウメが玄関の板敷きに出てきた。龍之助が八丁堀に入る前から鬼頭家の組屋敷に仕えている下働きの老夫婦だ。

「ありがてえぜ、婆さん」

左源太は一気に飲み干した。

きょう沙汰が出たばかりだ。まっさきにその対象となる夜鷹が、龍之助の縄張内《しまうち》で客の袖を引いたというのではない。出たのはその斬殺体なのだ。

殺しとなれば、奉行所の指示で他の同心も助《すけ》っ人《と》に入って来る。その者が犯人を挙げたならどうなる。龍之助は〝屹度お仕置き〟の第一号となり、同心たちの見せしめとなってしまうではないか。

狼狽の要因はさらにあった。むしろその逆に、

（あの場所なら、俺以外に犯人は挙げられるものか）

自負心はある。

茂市とおウメに火急の出役の用意を命じたのには、ほかにも理由《わけ》がある。中門前三丁目といえば、増上寺《ぞうじょうじ》門前町の一角だ。その一帯の性格は知り尽くしている。

徳川将軍家の菩提寺である広大な増上寺の山門から、江戸湾の海辺へ向かう東方向に広い往還が二丁（およそ二百米《メートル》）ほどにわたって延びており、そこはまだ寺社奉行管掌《かんしょう》の寺域で、両脇に諸国から集まる学生《がくしょう》たちの学寮や僧坊が建ちならび、それが途切れたところに寺の表門がある。諸人はそれを大門《だいもん》と呼び、見上げるような深紅の太い柱の観音開き門で、江戸市中では大門と言っただけで増上寺の表門を指すほど広く知られている。

その大門が寺域と門前町の町場とを分ける境となり、大門からさらに東へ火除地《ひよけち》のように広い往還が延びている。両脇には料理屋に参詣人のための旅籠《はたご》に各種の商舗が建ちならび、そのにぎわいを二丁ほども進めば往還は南北に走る東海道と交差する。

その広い往還の南側が増上寺の門前町で、大門から東へ本門前町、中門前町とつづき、それらはまた大門の大通りから南へ本門前一丁目、二丁目、三丁目、中門前町も同様

に一丁目から三丁目まで、五丁（およそ五百米）ほどにわたって六つの町に区切られ、三丁目が新堀川に接して門前町の区域は終わりとなる。

その広大な場所は、かつて寺域に地続きということで寺社奉行が差配し、町奉行所の手が入らなかった名残《なご》りか、一帯は享楽の町となり、管掌が町奉行所に移ってからも一歩脇道に入れば飲み屋街とともに岡場所も点在し、町々は土地の貸元《かしもと》衆が差配していた。

ちなみに東海道の両脇は浜松町《はままつちょう》となり、増上寺の門前町ではない。また、大門の大通りの北側の町場が、大松《だいまつ》一家が縄張とする神明宮《しんめいぐう》の門前町で、鳥居《とりい》の前の一帯が神明町で、左源太が塒《ねぐら》を置く長屋はその一角にある。

夜鷹の斬殺体が出たのは、新堀川の川原でしかも中門前三丁目というから、まさしく増上寺の門前町だ。そこの六つに区切られた一つ一つに貸元がおり、互いに周囲の動向に気をくばりながら、あるいは合力《ごうりき》し、ときには対立し、薄氷を踏むように治安が守られている。

そこへ死体が上がった。夜鷹であれ仲居であれ、あるいは外来の客ならなおさら、処理を誤ればたちまち一帯は抗争の場となる。

龍之助が深夜といえど、現場に駈けつけようとしているのはそこにあった。

二

「旦那さま」

と、茂市は深夜の急な出役と聞き、鉄板入りの鉢巻《はちまき》に白だすき、股引に手甲脚絆《てっこうきゃはん》を行灯一張《あんどんひとはり》の灯りのなかにならべた。捕物装束だ。

「兄イ。いきなりそれじゃまずいぜ」

「ふむ」

左源太が言ったのへ龍之助はうなずき、おウメに普段の地味な着物に黒羽織を出させた。しかし、殺しの現場に行くのだ。しかも、相手にするのは土地の貸元たちである。威厳を保つことも必要だ。

弓張《ゆみはり》の御用提灯を持った左源太を先頭に、着ながし御免に尻端折《しりはしより》をした龍之助、そのあとに挟箱《はさみばこ》を担いだ茂市がつづいた。

昼間は江戸で最も人通りが多く、荷馬や大八車も行き交う東海道も、深夜には暗闇の空洞となる。

その空洞をひたすら南へ進む。昼間なら日本橋に匹敵する橋板の騒音が響く京橋《きょうばし》も、いまは龍之助の雪駄《せった》の音が大きく響き、左源太と茂市の草履《ぞうり》の音まで聞こえる。

急ぎ足の左源太と龍之助の足に、茂市は遅れがちになる。

「左源太、代わってやれ」

「へい」

挟箱と御用提灯をときおり交換する。

「中門前三丁目の貸元は三助《さんすけ》だったなあ。もう新堀川の川原に出張《でば》っているのか」

「そこまでは……。あっしが聞いたのは、大松一家の伊三次《いさんじ》兄イが日暮れてから長屋に駈け込んで来やしてね。夜鷹が川原で斬られた、と。それで大松の弥五郎《やごろう》親分から、龍《たつ》兄イに知らせる必要はねえかとの口上だったもんで」

龍之助と左源太は歩きながら話し、茂市は黙々と歩を進めている。

「なるほど、そうか。よく知らせてくれた。知らせがあしたの朝だったなら、それこそ収拾がつかなくなっていたかもしれねえぞ」

「へえ。あっしもそう思いやして」

大松の弥五郎もそれを案じたから、代貸《だいがし》の伊三次を左源太の長屋に走らせたのだ。

(ありがたい)

歩を速め、龍之助は思った。

貸元たちが仕切る門前町では、斬った張ったの喧嘩はむろん、それが殺しに発展しても、おもてに出ることなく処理される場合が多い。おもてになれば、事件は土地《ところ》の貸元の失態となり、周囲の貸元たちから力量を問われ、勢力拡張の草刈場となってそれこそ流血の大喧嘩の場となりかねないのだ。

増上寺門前町で最も場末《ばすえ》の地に起こった殺しが、大門の大通りを経た神明町の大松一家に伝わっている。すでに、おもてになっているのか。これを収拾するには、土地の貸元衆では無理だ。それぞれの貸元衆がすべて当事者になるからだ。

そこで隣町の神明町の大松一家に話が持ち込まれたのだろう。

持ち込んだのは、増上寺門前町の一等地である本門前一丁目を仕切る一ノ矢《いちのや》こと矢八郎《やはちろう》だった。一等地を仕切っているだけあって、なかなか渋みのある面構《つらがま》えをしており、六人の貸元衆のなかでも代表格を自認し、周囲もそれを認めている。

これまでも一ノ矢が域内の貸元同士の諍《いさか》いの調停を持ち込んだことがあり、いずれもうまく収まっている。もちろん大松の弥五郎の背後には同心の龍之助がひかえており、その十手の威力が大きく物を言っていた。一ノ矢が弥五郎に話を持ち込むのも、龍之助の存在を意識してのことであり、龍之助ならいかなる事件もおもてにすることなく、うまく収めてくれることを知っているからである。

それができるのも、龍之助が裏社会の仕組を熟知しているからだ。それもそのはずで、龍之助は八丁堀の鬼頭家に入る前、浜松町から芝にいたる東海道を縄張に、左源太を配下に無頼《ぶらい》を張っていた。そこを神明町の弥五郎も増上寺門前町の貸元衆も承知しているのだ。

「こたびは一ノ矢も弥五郎も、素早い動きを見せたものだなあ」

「そりゃあ伊三次兄イが言ってやしたよ。斬られたのが夜鷹とあっては、ちかごろのお上の動き、そろそろ女にも及ぼうかって。お上にどんな口実を与え、どんな手入れを呼び込むか分かったもんじゃねえって」

〝奢侈禁止令〟が賭博から〝女〟に至るのが時間の問題であることは、誰の目にも明らかだった。その口実に増上寺門前の事件をきっかけにされたのでは、

（江戸中の貸元衆に申しわけが立たねえ）

一ノ矢は思い、さっそく神明町の弥五郎につなぎを取ったようだ。

「ふふふ。それでなかったことにしてもらいてえってんだろうなあ」

「おそらく、そのようで」

話しているうちに足はいつのまにか新橋を渡り、宇田川町《うだがわちょう》に入っていた。神明町はその先だ。昼間なら神明町の通りから街道へ出たところに、茶店・紅亭《べにてい》の大きな幟《のぼり》

が出ていて目印になるのだが、いまは夜でどの商舗も雨戸を閉じればおなじ顔になり、話に夢中になっておれば、つい通り過ぎてしまう。

「旦那さま、ここだったのでは」

先頭で御用提灯を持っていた茂市が足をとめた。

「おう、ここだ。直接現場へ行くか。それとも弥五郎のところにするかい」

「そりゃあ、伊三次兄イが知らせてくれたんじゃござんせんか」

「だったら、まずは大松の弥五郎だな」

いまから現場に走ったところでどうなるものでもない。それに今宵の目的は、まず事件を増上寺門前町の貸元たちの抗争に発展させせないところにある。

また挟箱持を茂市と交替し、左源太が御用提灯を持って先頭に立ち、神明町の通りに入った。昼間なら街道から入っただけで、一丁半（およそ百五十米）ほどの通りの突き当たりに神明宮の鳥居が見えるのだが、いまは昼間にぎわっている通りが広く感じられる。

鳥居の手前に茶店ではない、割烹《かっぽう》の紅亭《べにてい》がある。茶店も割烹も大松の弥五郎の息がかかった店だが、どちらも龍之助は町場に出たとき、詰所のように自儘《じまま》に出入りしている。自身番でなく、土地の貸元の息がかかった割烹や茶店を詰所代わりにしているなど、奉行所の同輩が聞いたら驚くことだろう。だが龍之助には、それが日常となっている。元無頼なればこそ、できる芸当なのだ。

「一ノ矢も来ているかもしれねえなあ」

「かもしれやせん」

暗く人通りのない神明町の通りに歩を踏みながら、龍之助が言ったのへ左源太は返した。

一ノ矢も本門前一丁目に息のかかった料亭を持っている。そこも玄関のすぐ前が大門といった、増上寺門前町の一等地である。だが、増上寺門前町の貸元衆の抗争を事前に防ごうという談合で、一等地とはいえ増上寺門前町の料亭を使ったのでは、公平に話をまとめるのに具合が悪い。その意味でも隣町の大松の弥五郎は、増上寺門前町の貸元衆にとって重宝《ちょうほう》な存在となっている。それに、広大な増上寺門前町にくらべ神明町は小ぢんまりとしており、貸元も大松の弥五郎一人であり、まとまりがよく他の町の揉め事を持ち込んでも、その町の勢力図に影響が出るという問題は発生しないのだ。

大松の弥五郎はよく言っていた。

「――神明町《うち》が穏やかに過ごさせてもらうためにゃ、お隣の兄弟《きょうでえ》たちが穏やかであってもらわねば困るんでさあ」

　それもそうだろう。お隣さんに抗争が発生すれば、自分の庭にどう飛び火するか知れたものではない。

　割烹・紅亭の玄関口の雨戸は一枚開き、灯りが洩れていた。いつもなら寝静まっているこの時刻、人の出入りが感じられる。

「へへ。大松の親分さんへ。龍兄イ、じゃねえ。鬼頭の旦那をお連れいたしやしたぜ」

「おぉう、これは鬼頭さま。なにしろ夜鷹の死体だもんで、旦那にはすぐさま来ていただけるものと思っておりやした」

　左源太が暗い奥に向かって訪《おとな》いの声を入れると、待っていたように伊三次が手燭《てしよく》を手に廊下の奥から出てきた。

「そのことよ。俺も来なくちゃならねえことになっちまってなあ」

「えっ、来なくちゃならねえこと？　ま、それはあとで。ささ、お上がりなすってくだせえ。あ、そちらの挟箱の父《とつ》つぁんも」

　伊三次は龍之助の言葉に首をかしげたが、急いでいるのか暗い廊下の奥を手で示し、茂市にも声をかけた。龍之助の私的な詰所が神明町にあれば、茂市も神明町の面々とは顔なじみになっている。

左源太の御用提灯と伊三次の手燭の灯りを頼りに廊下を奥へ進みながら、

「増上寺の貸元衆も来ているのかい」

「へい。一ノ矢の親分が来ておいででやす」

「そうかい。ま、出だしは一ノ矢だけで充分だ」

話しているとすぐ前の襖《ふすま》が開き、

「旦那ア」

灯りの洩れた部屋から廊下に出て迎えたのはお甲《こう》だった。夜の灯下には妖艶に見える。割烹・紅亭に一部屋付きの仲居として住み込んでいる、龍之助の隠れ女岡っ引だ。〝隠れ〟といっても、大松一家も紅亭の女将《おかみ》から奉公人たちまでも承知している。

「なんだ。おまえも叩き起こされたのか」

「起こされなくても、廊下が騒がしくなれば目が覚めますよ。兄《あに》さんこそ八丁堀まで走ったとか。ご苦労さんだねえ」

左源太が言ったのへお甲は返し、

「さあ、旦那。こちらへ」

龍之助の袖を取って中へ招《しよう》じ入れた。

部屋では大松の弥五郎に一ノ矢とその代貸が、龍之助を迎え胡坐居《あぐらい》のまま腰を浮かせ、とくに一ノ矢は、

「またあっしらの町でみょうなことが起き、申しわけありやせん」

と、恐縮するように頭を下げた。

「そのようだなあ。ともかく聞こうじゃねえか。堅苦しい挨拶は抜きだ」

龍之助は一同と円陣を組むように腰を据えた。上座も下座もない。弥五郎たちと談合するときは、いつもこうなのだ。

「――畏《かしこ》まって座るなんざ、腹に一物《いちもつ》あるときだぜ」

無頼の者たちと談合するとき、龍之助はいつも言っている。

軽く酒の膳は用意されていたが、女将も仲居たちの姿もない。弥五郎が座をはずさせたようだ。

三

一ノ矢の代貸が現場に走り、詳細を聞き込んできていた。

「さあ。なにもかもお聞かせするのだ」

「へえ」

一ノ矢にうながされ、代貸は話しはじめた。増上寺門前町の筆頭貸元が〝なにもかも〟などと言うからには、事態はかなり逼迫《ひっぱく》しているようだ。弥五郎の真剣な表情からも、それはうかがえる。

女の悲鳴が川原に聞こえたのは日の入りからいくらか過ぎ、あたりがいくぶん暗くなったころだという。

おなじ増上寺門前町といっても、本門前も中門前も大門の通りに面した、日の入りとともに灯火に照らされ脂粉の香がただよいはじめる一丁目にくらべ、二丁目はいくらか静かで、三丁目ともなれば飲み屋の提灯も人の影もまばらになり、新堀川に沿った土手道など、それこそときおりぶら提灯の灯りが揺れるのを見かける程度となる。その土手道が夜鷹の稼ぎ場になっている。

斬られたのは通称ウサギと呼ばれている三十がらみの夜鷹で、悲鳴を聞いたのはおシカという同年齢ほどのお仲間で、飲み屋の軒提灯が点在する路地で客をつかまえ、茣蓙《ござ》を小脇に手拭で年増の顔を隠し、土手道に出てきたときだったという。

おシカの客になろうとしていた男は、

「——ひぇーっ、辻斬りーっ」

叫ぶなりもと来た路地に駈け込み、いずれかへ姿を消してしまったらしい。関わり合いになりたくなかったのだろう。

辻斬りでなくとも、縄張内《しまうち》の飲食店で喧嘩などがあれば、土地の若い衆が即座に駈けつけて中に入り、

「さあ、なんでもありやせん。ごゆっくり飲んでいってくださいやし」

と、他の客たちに迷惑のかからないように収めてしまうものだが、このときは中門前三丁目の若い衆が駈けつけるよりも、〝辻斬り〟の声に飛び出した飲み屋や屋台の客たちのほうが早かった。貸元の三ノ助《さんのすけ》が若い衆を引き連れ駈けつけたとき、すでに土手道には人だかりができていた。

そうした噂は瞬時に近辺に広まる。一晩たてば街道筋のほうまで伝わり、その日の夕刻からは中門前も本門前も三丁目ばかりか二丁目のほうまで、女が客を引く声よりも閑古鳥《かんこどり》が鳴くことになる。

その打撃は大きい。回復するのに幾日かかるか分からない。しかも、事は喧嘩や盗みなどではなく、殺しだ。噂が町方にながれれば、役人を呼び込むことにもなりかねない。土地の貸元にとってこの失態は大きく、周囲の貸元衆への迷惑も甚大なものになる。

「ウサギとやらの死体は？」

「そこまでは、まだ確認しておりやせん」

「よし、分かった。ともかく現場だ。左源太、茂市、来い。一ノ矢は増上寺門前の貸元衆をいますぐ、そうだなあ、ここへ集まれと触れてくれ。お供は若い衆一人で、それ以上連れて来ちゃいけねえ。弥五郎、おめえにはまた世話になるが、ここでその準備をしてくれ」

「へい。さっそく」

一ノ矢とその代貸が腰を上げたとき、龍之助はもう立ち上がって襖《ふすま》に手をかけていた。

「あらあら、あたしが玄関まで」

お甲が手燭をかざして先に立った。

神明宮の鳥居が、提灯の灯りでは土台のあたりしか見えず、石段も下の数段しか見えない。闇の中へとつづいている鳥居と石段は、不気味でさえある。

「天照大神《あまてらすおおみかみ》も御照覧あれといったところだなあ」

「そのようで」

龍之助が言ったのへ、御用提灯を持った左源太が応えた。神明宮の祭神は、天照大神と五穀の女神である豊受《とようけ》大神で格式は高い。

三人は大門の大通りのほうへ向かった。そろそろ町場の木戸が閉まる夜四ツ（およそ午後十時）に近いか、大通りの両脇にずらりとならんでいた軒提灯も点在する程度となり、酔客の影もまばらである。

増上寺の門前町に入り、脇道を進むと、ときおり飲み屋の暖簾から出てきた酔客が御用提灯を見て驚き、中にまたさっと身を引く。すれ違う者は無言で道を開け、ふり返って見ている。

前に御用提灯、うしろに捕物道具の挟箱と、見まわりの容《かたち》はととのえている。それだけで周囲を威嚇する雰囲気がある。門前町に奉行所の同心がこれ見よがしに歩を踏むなど、他所では考えられない。これも龍之助なればのことだ。

中門前に入り、二丁目あたりまで来ると感じられた。一丁目にくらべ、建物は雑多となり灯りも少ない。それに加え、あちらの角こちらの路地に、緊迫した雰囲気が感じられる。三丁目に入ると、なおさらにそうだった。

一ノ矢の懸念が分かる。あちこちの夜陰に身を隠しているのは、それぞれの貸元から出された若い衆だ。当然、一ノ矢の手の者も出ているだろう。

推移を見守っているのだ。いずれかの貸元が先鞭をつけようと三丁目に人数を入れれば、すぐさま対応するか、他の貸元と至急連携の談合に入るか……。これから激変するかもしれないながれに遅れをとっては、勢力拡張どころかいまの縄張を維持することさえ難しくなる。

そこへ奉行所の同心が入った。緊迫が倍加される。

早くも三丁目の貸元に、御用提灯が入ったとの知らせが行ったようだ。

貸元の住処《すみか》から、当人の三ノ助が弓張提灯を持った若い衆数人を引きつれ出てきた。御用提灯と合わせて狭い脇道は明るくなり、同時に緊張が増した。

「これは鬼頭の旦那。お耳がお早いようで、へい。恐縮に存じます」

「おう、三ノ助か。知らせる者があってなあ」

腰を折る三助を龍之助は〝三ノ助〟と呼んだ。当人は〝三丁目を仕切る三ノ助だ〟と名乗っているが、すこし太めで動作がゆっくりとしており、他の貸元たちは、

「——中門前も三丁目だから仕切っていられるのよ」

などと言い、〝三丁目の三助〟などと呼んでいる。

その三ノ助が失態を演じたのだから、周囲の者がここぞと思っても不思議はない。

「心配するな」

龍之助は故意に周囲へ聞こえるように大きな声で、

「御用提灯はこれ一つですませるため、早々に来たのだ」

「それは旦那っ」

提灯の灯りに浮かぶ三ノ助の肩に、安堵が走ったようだ。

場は屋内に移った。

このあいだにも、一ノ矢の若い衆が各貸元の住処に走り、

「鬼頭の旦那の指図でやして、神明町の紅亭に集まれ、と」

触れていることだろう。

龍之助は屋内に入り、腰を落ち着けるよりも三ノ助に、

「川原の始末はつけたろうなあ」

「へえ。若い者をやって、もう血の痕《あと》一滴もありやせん」

「それでよし。で、ウサギの死体はどこだ。見せてもらおう。それにおシカとかいう
お仲間は、押さえているだろうなあ」

「へえ。それはもちろん」

龍之助の用件はつぎつぎと進んだ。

死体は裏手の庭に運ばれ、莚《むしろ》をかけられていた。

「左源太、灯りを」

「へい」

莚をめくった。

「なんてことをしやがる。真正面から一太刀だ。この斬り口、武士だな」

言いながら龍之助は莚を元に戻した。

「おシカは」

「こちらで」

三ノ助は龍之助を屋内にいざなった。母屋の一室で、おシカは茫然と端座し、顔面は蒼白だった。部屋へ入ってきた同心に、

「あっ」

驚きの声を上げ、逃げるように足を崩した。無理はない。吉原以外で春をひさぐ稼業はご法度《はっと》なのだ。これまではお目こぼしされていたにすぎない。

「おシカ、この旦那は大丈夫だ。さっき俺に話したことを、もう一度おめえの口から話して差し上げろ。あ、旦那。こいつはねえ、この三丁目の木賃宿《きちんやど》に殺されたウサギと一緒に棲《す》みついて、土手のほうで、ま、その……」

「それ以上、言わんでよい」

龍之助は三ノ助の言葉をさえぎり、おシカに、

「さあ」

視線を向けた。

「は、はい」

おシカはうなずき、貸元の言葉で安心したか、話しはじめた。

路地の飲み屋の前で客をつかまえ、土手道に出たところで悲鳴を聞き、草叢《くさむら》から飛び出てきた武士を見たという。薄暗くなりかけており、しかも武士は頬隠《ほおかく》し頭巾《ずきん》をかぶっていたから顔は見えなかったらしい。おシカも悲鳴を上げ、武士は街道の金杉橋《かなすぎばし》のほうに走り去り、自分の客は元の路地のほうへ走り去り、その者の名も素性も知らないという。

「そりゃあ、夜鷹が客の名や素性を訊いたりはしやせんからねえ」

三ノ助がおシカに助け舟を出した。

おシカから訊けたのはそれだけで、あとは集まってきた野次馬を三ノ助の若い衆が散らし、現場のあとかたづけをしたという。その時分の街道はまだ人出があり、暗くならないうちにと荷馬や大八車が行き交っている。おそらく頬隠し頭巾の武士はそのなかに紛れ込み、いずれかへ去ったのであろう。

「よし、三ノ助。ここはおめえの縄張だ。ウサギの身内が分からなきゃ、おめえがおシカと一緒に寺へ運んでねんごろに葬ってやれ。それはあしたでもいい。きょうこのあとですぐ、神明町の紅亭に来い。石段下の割烹のほうだ。悪いようにはしねえ。この土地の貸元たちも集まっていようよ」

龍之助は言うと、別室で待っている左源太と茂市に、

「おう。引き揚げるぞ」

声をかけ、外に出た。野次馬こそいないが、三ノ助の住処をあちこちの陰から見張っている視線を感じる。

「さあ、ここはもうなあんにもねえ。俺も引き揚げるから、おめえらも帰《けえ》んな」

それらに向かって言ったが、動く気配はない。視線の一つ一つが、互いに牽制しあっているようだ。

(今夜中に話をまとめねえと、あしたは大変なことになるぞ)

龍之助はそれらの視線に感じ、ふたたび悠然ともと来た道を返した。

四

同心と御用提灯に挟箱の一行が、暗く広い大門の大通りを横切り、神明町に入った

ころ、すでに夜四ツを過ぎていたか町々に明かりはなく、闇に揺れるのは左源太の持つ御用提灯ばかりとなっていた。

割烹紅亭の玄関口に戻ると、

「あらら。皆さんたち、もう部屋にそろっておいでですよ」

出たときとは違い、明るく掛行灯《かけあんどん》のならぶ廊下からお甲が出てきた。屋内に夕暮れ時のような活気がある。仲居や包丁人もかり出されたか、部屋に入ると簡単な膳が用意され、貸元衆が座についていた。三ノ助も急いで来たか龍之助たちを追うように紅亭の玄関に入った。

提灯持で来た供の若い衆は別室に通されているとはいえ、貸元たちだけでも六人、さらに大松の弥五郎に龍之助が加わる。これだけの人数で円陣というわけにはいかない。上座が用意されている。もちろん龍之助の座で、その横に見届け人として弥五郎が席を取った。

緊張の糸が張られている。貸元たちは末座に座った三ノ助をいまいましそうに見れば、当人は首をすくめ蒼ざめている。場合によっては中門前三丁目が、いま集まっている貸元たちの草刈場にもなりかねないのだ。部屋に張られているのはその緊張であり、さきほどの野外の視線と同様、貸元たちも胸中では互いに牽制しあっているのだ。

そこに龍之助はやおら言った。同心らしからぬ伝法な口調だった。

「ともかく八丁堀で、新堀川の第一報を聞いたときには驚いたぜ」

八丁堀と聞いて、一同はびくりと反応を示した。六尺棒が大挙して打ち込んで来ることに、貸元衆は極度に警戒感を抱《いだ》いている。そのきっかけの場を提供してしまった三ノ助を、あらためて睨む者もいた。三ノ助はさらに首をすぼめた。

(なぜ事件の起こらぬよう、見まわりをしていなかった)

三ノ助を睨む目は言っている。

「心配するねえ。聞いたのは夜になってからだ。八丁堀から直《じか》にこっちへ来たから、奉行所には話していねえ」

その言葉に、一同はホッとした目を龍之助に向けた。

龍之助はつづけた。

「俺が驚いたのは、事件がきょうだったたってことだ」

「…………」

貸元たちは首をかしげた。意味が分からない。龍之助は言った。

「きょうさ、とうとう出やがったぜ」

「なにがですかい」

釣られるように問い返したのは中門前一丁目の貸元か。

「隠売女《かくしばいじょ》の厳禁だ」

「えぇえ！」

「やはり」

「来ましたか」

貸元たちから声が洩れた。大松の弥五郎も同様だ。左源太には夜の街道を急いでいるときに話したが、弥五郎にも伊三次にもまだ話していなかった。

座はざわめき、空気は一変した。

奉行所の手が入るかもしれないのが、辻斬り探索の中門前三丁目だけではなくなった。それどころではない、六尺棒が大挙して踏み込む対象は、町全体になったのである。きっかけなど、隠密同心かその手先が夕暮れ時に町を一巡すれば、いくらでも挙げられる。現にきょうも辻斬りの前に隠密同心が新堀川の土手道を歩いていたなら、ウサギやおシカは現場を押さえられ、それがきっかけとなっていまごろ門前町全域に六尺棒がどっと押し込んでいたかもしれないのだ。さきの賭博禁止令で、そうした例が江戸市中に幾つもある。

別間では左源太が、

「つまりだ、これから丁半が打ちにくくなったときより、もっと大きな波乱が起きやがるぜ」

と、隠売女厳禁の話を、貸元衆についてきた代貸や若い衆に話していた。

「えっ。ついにですかい」

「その沙汰が、きょうってんで!?」

と、その部屋も緊張に包まれた。伊三次もお甲もそこにいる。

「それだったのか。鬼頭の旦那がきょう最初にここへ来なすったとき、逆に〝来なくちゃならねえことがある〟からだとおっしゃったのは」

「そういうことさ」

伊三次が言ったのへ左源太は投げ遣りな口調でうなずき、

「だったら、あの女《ひと》たち牢に！」

女のお甲まで顔を曇らせた。賭場の一斉手入れで、たまたま小遣いで遊んでいたお店者《たなもの》まで、博徒と一緒に遠島になった例もあるのだ。

「静まれぃ」

貸元衆の集まる部屋で、龍之助は一喝していた。

一同はすがるような目を龍之助に向けた。

龍之助の口がまた動いた。

「おめえら、しばらくおとなしくしておれ。殺されたウサギは哀れというほかねえが、ウサギにしろおシカにしろ、あの界隈に出ている女たち、それに部屋持ちで稼いでいる女たちもだ。なにもすき好《この》んで春をひさいでいるわけじゃなかろう。それなりに他人にゃ言えねえ理由《わけ》があるってえことは、おめえらが一番よく知っているはずだ。少々稼ぎが悪くなったからといって、非道《ひど》い扱いをするんじゃねえぞ。女たちの身になって、面倒をみてやるんだ。いいか」

「しばらくって、いつまでですかい」

訊いたのは本門前三丁目のようだ。

「そんなの俺が知るかい。決めてなさるのは、老中首座の松平さまだ。ともかく、いま大事なのは、当面を乗り切ることだ」

一同は談合に入った。三ノ助も、対等の寄合《よりあい》の一人となった。

龍之助が喙《くち》をはさまずとも、すぐにまとまった。きょうの殺しの噂は、すでにながれているだろう。さっそく〝何事もなかった〟との噂を一帯にながし、悲鳴は〝単なる酔っ払いの喧嘩〟として町ぐるみで口裏《くちうら》を合わせる。さらに女たちには客引きをしばらく自粛させ、いつまでつづくか知れないが、その間は縄張内の飲食の店で酌婦、皿洗いなどの働き口を世話し、ある程度の実入りは保証してやる……一帯の貸元衆がまとまれば、充分にできることだ。

それだけではない。龍之助は言った。

「辻斬りの物騒な野郎、のさばらしちゃいけねえ。警戒を厳にしろ。捕まえても、自身番に突き出すな。俺に知らせるのだ。処理はそのとき考える」

犯人は武士に相違ない。ならばおもてにすれば、奉行所だけではなくお城の目付まで町へ呼び込むことになってしまう。

それよりも、

「夜鷹だからと虫けらのように殺した野郎、理由《わけ》は知らねえが許せねえ。仇《かたき》は取らしてもらうぜ。これこそ世のためだ」

「おーっ」

龍之助の言葉に、一同は唸《うな》るような声を上げた。同心も一緒になり、お上をはばかる謀議なのだ。大きな声を上げるわけにはいかない。

一段落ついた。すでに時刻は子《ね》の九ツ（午前零時）に近づいていた。

「そういうところで、よろしゅうござんしょうか」

大松の弥五郎が閉めるように言ったのへ、一同は肯是《こうぜ》のうなずきを示した。

「ちょいとお知らせしやしたことが、とんでもねえことに進んじまったようで」

「ははは。おめえのせいじゃねえぜ」

上座で話す弥五郎と龍之助に、

「あっしら、まっことと鬼頭さまがいてくだすって、助かりまさあ」

中門前二丁目の貸元が、つい口をすべらせたように言った。

龍之助はその貸元を睨みつけ、

「なにを言ってやがる。おめえらのためにやっているんじゃねえぞ」

「へ、へい」

首をすぼめる貸元から、視線を一同にまわし、

「おめえら、阿漕《あこぎ》な真似をしやがると、分かっているだろうなあ」

地味な帯の腹を叩いた。ふところには、常に朱房の十手が入っている。

「さあて、旦那」

白《しら》けかけた座に、また弥五郎の声が入った。

「せっかく増上寺門前の兄弟《きょうでえ》が集まったのでさあ。このきずなを深めるためにも、ここで一つお甲さんに入《へえ》ってもらって……」

部屋の空気は一変した。一同には〝お甲さんに入ってもらって〟との一言で、それ

がなにを意味するか解した。一ノ矢も三ノ助も、貸元衆すべての視線が龍之助に集中した。

龍之助は思案顔になったが、

「いいだろう」

座に安堵と緊張の空気が走った。

隣の部屋ですぐ準備が始まった。

これには別室にひかえていたお甲や伊三次、左源太に代貸や若い衆らも驚いた。すぐに準備はととのえられた。

部屋の四隅に百目《ひゃくめ》蠟燭《ろうそく》が煌々《こうこう》と焚《た》かれ、中央には白布を敷いた畳が一枚置かれて他よりその分だけ高くなり、駒札《こまふだ》や賽《さい》や壺《つぼ》は大松の若い衆が急いでもみじ屋へ取りに行った。大松一家が神明町で常設の賭場を置いている、おもて通りから脇道に入った小料理屋である。割烹の紅亭には、その用意がない。いま紅亭に盆茣蓙《ぼんござ》ができあがったのだ。

隠売女厳禁の沙汰が出たその夜、ご停止《ちょうじ》の賭場が開かれようとしている。しかも壺振りが紅亭の仲居姿のままのお甲で、胴元は大松一家の弥五郎、丁半を張るのが増上寺門前町の貸元衆とあっては、本来なら江戸中の裏社会の評判になるところである。

それが秘かに開帳される。

貸元衆の、ご政道に抗《あらが》う心意気であり、それを龍之助は黙認した。だが、それで溜《りゅう》飲《いん》を下げるものではない。龍之助にとっては、あくまでも夜鷹殺しを追い、おもてにすることなく始末するのは、定信への皮肉を込めた秘かな裁きとなるのだ。

貸元衆が盆茣蓙を囲んで座した。胴元の弥五郎は長火鉢に上体をゆだねて盆茣蓙を見つめ、増上寺門前の代貸や若い衆らは、襖の取り払われた隣の部屋から固唾《かたず》を呑んで見守り、左源太もそのなかにいる。

座は水を打ったように静まった。

「入ります」

お甲の歯切れのいい声が静寂を破り、素早い手さばきとともに二つの賽《さい》が壺の中でカラカラとまわり、さらに音を立てて伏せられた。

「さあ、丁半どっちもどっちも」

お甲の横にひかえた伊三次の声だ。盆茣蓙は動きはじめた。

「丁方ないか、丁方ないか。半方ないか」

声は早口でながれるようにつづき、

「丁半、駒そろいました」

閉めの語調が響いた。

「勝負」

お甲の声がつづく。

「一・一《ぴんぞろ》の丁」

「ふーっ」

座に悲喜こもごもの声が洩れる。

大松の若い衆が手ぎわよく、駒を負けた者から勝った者へと配分する。

「さあ。よござんすか」

盆茣蓙はつづく。

「五・二《ぐに》の半」

また歓声と溜息が交差する。

お甲を招き、盆茣蓙を開くのは江戸中の貸元の願うところである。美貌の壺振りだからといって、けっして色気などが売りではない。お甲が全身の力を腕から指先に集中し振った賽の目の正確さは、餡入《あんい》りのいかさま賽を振ったときに匹敵する。これだけの技を持った壺振りは、そうざらにいるものではない。

お甲の盆茣蓙に出た客は、いずれ大負けも大勝ちもせず緊迫感だけを堪能して帰る。

胴元の指示で、そのように賽の目を出しているのだ。だから神明町の賭場に遊び、大きな借財をこしらえた悲劇もなければ、大金を手にして散財し賭場の存在を吹聴《ふいちょう》する者もいない。そこは庶民の、適度に興奮を覚える遊びの場となっているのだ。

龍之助と茂市は、奥のお甲の部屋に退散した。仲居一人にしては広い部屋だ。その部屋こそ龍之助の詰所であり、用意したのは弥五郎である。

「茂市。きょうはもう遅い。あしたの朝八丁堀に帰り、与力の平野さまに、俺はあしたも朝から直接増上寺と神明宮界隈への微行《びこう》に出るからと伝えておいてくれ」

「へえ」

茂市は返事をすると、龍之助につづいてごろりと横になった。

平野与力は、

『あそこを抑えられるのは、鬼頭しかおらぬからなあ』

苦笑することであろう。

五

目が覚めたとき、部屋はまだ暗かったが、明かり取りの障子の向こうに、雨戸のすき間に太陽が射しているのが感じられた。

（はて、そんなに寝たか）

龍之助は思いながら障子を開け、廊下に出て雨戸を一枚押し開けると、いきなり朝の陽光が飛び込んできた。

部屋の中を見ると、茂市はすでにいなかった。挟箱もない。日の出とともに起きて帰ったのだろう。お甲が長襦袢《ながじゅばん》姿で搔巻《かいまき》をかぶって寝ている。ここはお甲の部屋なのだ。

耳を澄ませると、

（静かだ）

開帳は朝までつづけず、真夜中に終えて貸元たちはそれぞれの縄張に帰ったのだろう。弥五郎も伊三次も帰ったようだ。左源太も塒《ねぐら》の長屋に帰ったようだ。座敷のほうに人の気配はない。

お甲の寝顔の横で、起こさないようにそっと身づくろいをして玄関に出た。昨夜は開けていた雨戸が閉じられている。きょうは暖簾《のれん》が出るのは、すこし遅れるだろう。

裏手から外に出て路地を抜け、神明町の通りへ出た。

「あれ、八丁堀の旦那。きょうはお早いことで」

住人が声をかけてくる。

通りには神明宮への参詣人が出ており、一日はすでに始まっている。

「おう。精が出るなあ」

龍之助は返し、雪駄に地を引く音を立て街道に向かった。

日の出から小半刻《こはんとき》（およそ一時間）は経ているようだ。街道にはすでに荷馬も大八車も出ており、朝の街道を南に向かう旅姿の者もいる。これから江戸を出るようだ。

街道に面した茶店・紅亭の縁台にも、客が座っていた。茶店は石段下の割烹と違い、日の出とともに店を開け、日の入りとともに暖簾を下げる。この時刻、客は参詣人の一休みではなく、朝の一仕事を終えた納豆売りと蜆《しじみ》売りだった。茶を飲みながらなにやら話し込んでいたようだが、隣の縁台に着ながし御免の黒羽織に小銀杏《こいちょう》の髷《まげ》が座ったのではつい口をつぐみ、

「おう、姐《ねえ》さん。おあいそう」

と、早々に立って街道のながれに入り込んでしまった。仕方がない。見るからに八丁堀と分かるいで立ちなのだ。そそくさと立ったようすから、役人に関わりあいたくない話をしていたことがうかがえる。

「あら。これは鬼頭さま、またお早いお越しですねえ」

と、奥から茶汲み女が盆に湯飲みを載せて出てきた。茶店の紅亭も石段下の割烹とおなじで龍之助の詰所になれば、店の老爺《おやじ》も茶汲み女たちも龍之助の耳役《みみやく》になっている。茶汲み女は町内から日銭稼ぎに来ている顔見知りばかりだ。

「さっきの朝の棒手振《ぼてふり》たち、なにやらおもしろそうな話をしていたようだなあ」

「はい、していましたよ。わたしも聞きましてねえ」

まだ客が間断なく入る時間帯ではない。応えたのはすぐ近くの長屋の娘だ。縁台に湯飲みを置くと、自分もそこに座り込んだ。

「きのうの夜だって。新堀川の土手道に追剝《おいは》ぎが出て夜鷹さんに大声を上げられ、なにも盗らずに逃げていったって。頓馬《とんま》な追剝ぎの話。あははは」

「ほう」

愉快そうに言う娘に、龍之助は頰をゆるめてうなずき、

「どんなやつだい、その頓馬な野郎は」

「なんでも二本差しらしいって。でも、あそこの親分さん、なにしてたんでしょうねえ。逃げられてしまうなんて」

娘はおなじ二本差しの龍之助に屈託《くったく》なく言い、しかも町の治安はその土地の貸元が差配しているのを当然のように話している。納豆売りや蜆売りは、増上寺門前町のほ

うもながし、話を仕入れてきたようだ。

「あっ、いらっしゃいませ」

女中を連れた商家のご新造《しんぞう》風が隣の縁台に腰かけた。ととのった身なりは、神明宮への参詣のようだ。

龍之助は串団子で朝の腹ごしらえをすませ、

「ちょいと現場を見てくらあ」

腰を上げ、街道を南の金杉橋のほうへ向かった。

神明町から金杉橋までは四丁半（およそ五百米）ほどで、昨夜の噂が朝のうちに伝わってもおかしくない距離だ。

夜明けとともに街道のいずれの橋も、大八車や往来人の下駄の音が響きはじめ、それが徐々に増え、やがて間断なく聞こえるようになる。江戸の朝を告げる響きだが、龍之助がそれを聞いたのは、もうすっかり昼間の騒音になった時分だった。

橋の手前を東方向の右手に折れた。新堀川の土手道だ。そこは昼間でも人通りが少なく、歩を進めればすぐに橋の騒音よりも川のながれの音が聞こえはじめる。なるほど増上寺門前町の片隅で、夕刻ともなれば夜鷹の出そうな地形だ。

「おや。これは八丁堀の旦那じゃありやせんか」

中門前三丁目の家並みから出てきたのは、町内の湯屋の下男だった。大八車を牽《ひ》いている。町内をまわり木屑や紙屑など、燃やせる物を集めている。下男は車をとめ、

「なんですかい。いまごろお供もつけず、きのうの頓馬な追剝ぎの検分ですかね」

いくらか皮肉めいた口調で言い、

「あゝ、そのつもりだが」

「そんなら、ほれ、旦那の足元。そのあたりの草叢《くさむら》から飛び出したそうですぜ。夜鷹の悲鳴で町の若い衆が追ったらしいですが、なにしろ夕暮れ時で街道のほうへ逃げたもんで、捕まえられなかったそうですよ。もっとも犯人はお侍らしく、追い払ってくれただけでもありがたいですじゃ」

言うと町場の中に車を牽いていった。噂はさっきの納豆売りや蜆売りとおなじだ。土地の者とよそ者では、貸元への言いようは若干異なるが、出たのは〝頓馬な物盗り〟で、しかも〝武士〟で這《ほ》う這《ほ》うの態で〝逃げた〟ことが一致している。

龍之助はうなずいた。昨夜、決めたとおりの噂がながれているのだ。

湯屋の下男が指さした草叢に入った。場所は昨夜確認したが、明るいなかで分け入るのはこれが最初だ。水音が一段と大きくなる。

なるほど、昨夜見たあの斬殺体なら、血しぶきが飛び、草叢にも相当血が流れたで

あろうが、その痕跡は一点もない。ふたたび土手道に出たが、にわか雨でも降ったように湿った箇所はあるが、血ではない。若い衆が日の出前に出て、川原の水で丹念に洗い流したのだ。

「へへへ、これは鬼頭さま。昨夜はありがとうございやした」

龍之助が町に来ているのを知らせる者があったか、貸元の三ノ助が若い衆数人を引きつれ、往還に出てきた。三ノ助にすれば、周囲の貸元仲間から糾弾され縄張の存続も危うくなるのを救われたのだ。手下《てか》の者ともどもしきりに揉み手をしている。

「噂を聞いたぞ。現場も見せてもらったが、なかなかやるではないか」

「へえ、そりゃあもう。それに昨夜は楽しませてもらいやした上に……その、へえ、恩に着ておりやす」

昨夜は三ノ助の一人負けだった。弥五郎の判断で、お甲が賽を調整したのだ。中門前三丁目から各町へ〝迷惑料〟が配分されるように賽を振ったのだった。

盆茣蓙の緊迫は、お甲がどこまでうまくそこへ収められるか見守るところにあった。いまの三ノ助の表情から、かなりの出費になったものの、一応はうまくいったようだ。それだけお甲は心身ともに疲れはて、龍之助がすぐ横で身づくろいをして帰ったのも気づかないほど寝入っていたはずだ。

「午《ひる》にはまだ早うございやすが、ちょいと上がっていってくださいやし」

三ノ助が龍之助の袖を取って引きとめているところへ、

「だんなーっ」

路地から女が飛び出し、若い衆が制止しようとするのを体当たりではねのけ、

「旦那！」

龍之助にぶつかってとまり、両腕をつかまえ、すがるように顔を見上げ、

「仇《かたき》をっ。かたきを！」

叫ぶ。

一瞬、誰だか分からなかった。

だが、声ですぐに分かった。おシカだ。白粉《おしろい》を落とし素顔になっている。毎日白粉で肌を傷めているのか相当に荒れ、四十路《よそじ》を超した大年増《おおどしま》にも見える。昨夜は蒼ざめ震えていたが、いまもまだ蒼い。

「よさねえか」

三ノ助が引き離そうとするが、おシカは龍之助の両腕をつかまえて離さない。おシカが〝仇〟といえば、ウサギを斬殺した武士しかいない。

「あたし、手がうしろにまわってもいい。だけどウサさんの仇を！　そのためならあ

たし、なんでもするっ」

「聞こうか」

龍之助が言ったのへ、おシカはようやく手の力を抜いた。

場所は三ノ助一家の住処《すみか》に移った。部屋には上がらず、庭先で話した。

おシカはなかなか頭の回転のいい女だった。

「あたし、しばらく夜鷹には出ない」

すでに三ノ助一家から隠売女厳禁と〝自粛〟の話は聞かされているようだ。だがおシカは言う。

「夜鷹の形《なり》をして二丁目や三丁目をまわり、飲み屋さんを一つ一つのぞかせてくださいまし」

「なにを言いやがる」

三ノ助が呆《あき》れたように言った。突飛な申し出だ。だが龍之助は、

「詳しく聞こう」

「あい」

おシカは話した。暗くなりかけていたうえに武士は頭巾をかぶっていて顔は見えなかったが、

「うしろ姿を見れば、分かりますよ。あの憎い肩、足の運び、一目で言い当てられますよ。絶対、はずすもんですか」

と、今宵から找《さが》したいというのだ。

見つけられる可能性は高い。罪を犯した者は、火付けであれ殺しであれ、噂を気にして現場を見にくるものだ。それも一両日の場合が多い。

「よかろう。三ノ助、まわりの貸元衆へそのように回状をまわしておけ。口頭でもよい。俺からだと言ってなあ」

「へえ」

三ノ助は応じ、その場で話はまとまった。ただし、隠売女厳禁の沙汰が出たばかりのときに、夜鷹がそれらしい形《なり》でうろつくのは具合が悪い。

——白粉なしの前掛姿で茶汲み女のように

さらに三ノ助の若い衆がおシカに付き、見つけたときのつなぎは神明町の割烹・紅亭と、詳細まで具体的に決められた。

町奉行所の同心として、まっさきに〝隠売女〟の筆頭格として挙げるべき対象を、日切りとはいえ岡っ引分にしようというのだ。聞いた貸元衆は、

「なんとも粋なことを」

驚き、呆《あき》れたように言ったものだった。

六

受持ちになっている街道筋の芝一帯から高輪《たかなわ》の方面まで微行し、神明町に戻ったのは陽が西の空に大きくかたむいた時分となっていた。

隠売女厳禁の触れは、すでに日本橋南詰の高札場《こうさつば》をはじめ、あちこちに貼り出され、賭博禁止令のときよりも諸人の話題となっていた。

街道筋では、龍之助が北町奉行所の同心になってからすでに七年が経つのに、芝四丁目にある室井《むろい》道場に通いながら無頼を張っていたころを知っている者が多く、着ながし御免の黒羽織で歩いていても、

「やあ、龍之助さん。似合っているねえ」

と、気さくに声をかけてくる住人は多い。

それらがきょうは、高札が出たばかりというのに、小指を立て、

「ほんとうに一掃かい。世の中、ますます息が詰まるんじゃないかね」

などとご政道批判を口にする者もいる。他の役人に言ったりすれば、たちまち番屋

へ引かれることになろうが、相手が龍之助なら、

「遊びはほどほどにな。だが、気をつけるんだぜ」

などと返ってくる。

きょうも幾度かおなじ言葉を口にし、神明町に戻ったのは、家路を急ぐ往来人や陽のあるうちにと急ぐ大八車や荷馬の動きが速くなり、街道があわただしくなった時分だった。もうすぐ日の入りだ。

昼間ならつなぎの場は茶店の紅亭に置くところだが、そこはもうそろそろ閉める準備に入っているだろう。街道から茶店・紅亭を素通りし、神明町の通りに入った。さきほど通った大門の大通りとおなじく、昼間の参詣人から客層が夜の遊び客へ変わろうとしている時間帯だ。松平定信が老中首座に就いてからは、そのにぎわいは半減している。隠売女禁止令が動き出せば、江戸中の繁華な街はさらに閑散となるだろう。すでにきょう、きのうにくらべれば人出が確実に少なくなっている。

(こりゃあお忍びの浪人姿にでも扮《こしら》えるんだったわい)

大門の大通りで思ったことだが、神明町の通りでも思えてくる。幾人かの男が、龍之助の黒羽織を見ると、

「へへへ」

卑屈な笑いを浮かべ、逃げるように道を開けていた。高札を見たか、その噂を聞いたのだろう。

(根こそぎの手入れなど、よしにしてくだせえ)

それらの顔は言っている。

割烹の紅亭の暖簾をくぐると、

「あらら、龍之助さまア」

仲居姿のお甲が甘えた声で出迎えた。

「今宵も遅くなるかもしれねえ。部屋を借りるぜ」

「そうらしいですねえ。一ノ矢の若い人が知らせに来ましたよ」

なんと貸元衆の手まわしのいいことか、増上寺の門前町にながした回状が、神明町にまで来たようだ。

「それでねえ。わたしの部屋じゃなくて空いているお座敷に、弥五郎親分と伊三次さん、それに左源の兄《あに》さんも来て待っていますよ」

言いながらお甲は奥の部屋へいざない、まだ掛行灯《かけあんどん》に火を入れていない薄暗い廊下で、

「ううん。けさはあたしを起こさないでどこかへ行ってしまったりして」

「痛《いて》っ」

龍之助の腕をつねり、

「さあ、ここですよ」

襖を開けた。

庭に面して明かり取りの障子があるから、廊下より明るい。

「おぉ、待っておりやしたぜ」

と、弥五郎が胡坐《あぐら》のまま身づくろいをするように威儀を正した。

さっそく簡単な夕の膳が出ると同時に、

「おシカという女だ。いまごろすでにあの界隈をまわっているはずだ」

と、御用向きの話に入った。膳の用意に立ったお甲も、話の座に加わっている。円陣である。

龍之助は言った。

「辻斬り野郎、きっとまた来るはずだ。それも今宵」

これには弥五郎も伊三次も異論はなかった。

弥五郎はそれを前提に言った。

「旦那。ほんとうにおもてにせず、侍を殺《や》りなさるおつもりで？」

「あゝ。おシカにしがみつかれてな。そのとき自分に誓ったのよ。この女に仇を取らせてやると、な」

「できますかい、おもてにしねえで」

言ったのは伊三次だった。さすがに斬った張ったの現場を幾度も踏んでいるだけあって、その困難さが分かるのだろう。

「そりゃあ龍兄イがやるんでえ。裏裁《うらさば》きはこれが初めてじゃありやせんぜ」

「兄《あに》さんっ」

左源太が胸を張ったのへ、お甲がたしなめるように半纏《はんてん》の袖を引いた。弥五郎や伊三次らの知らないところでも、龍之助が左源太とお甲を手下《てか》におもてにできない始末をつけたことが幾度かあるのだ。

「ま、こたびは増上寺門前の兄弟《きょうでえ》たちが一枚岩になっているのだ。できねえ相談でもあるめえ」

弥五郎は言った。

陽が落ちたか、庭の廊下に面した障子の明るさが不意に弱まった。

「お、そうだ。左源太」

「へい」

「今宵も場合によっちゃ八丁堀に戻れねえかもしれねえ。茂市と与力の平野さまへ知らせに一走りしてくれ」

「えっ、これからですかい。そのあいだに辻斬り野郎が出たらどうしますかい」

「だから、早く行って早く帰《けえ》ってこい」

「へーい」

左源太は不満そうに部屋を出たが、玄関を出るとあとは走った。

「あたし、そのおシカさんとやらを手伝ってきましょうか。もしものことがあれば、おシカさんの身が心配だから」

部屋での話はつづいた。

「なあに、あの縄張《しま》のことはあの縄張の者に任せておくのが一番いい。それでなくちゃならねえんだ」

「そのとおりだぜ、お甲さん」

お甲の話したのへ弥五郎が諭《さと》すように言い、伊三次も同調し、

「それにしても、待つ身というのは落ち着きやせんねえ」

「はい。あたしも」

お甲はうなずき、

「あたし、行灯に火を入れて持って来ます」

部屋を出た。あたりは徐々に暗くなりかけている。

お甲も含め部屋の面々は、いまごろ中門前三丁目で脇道や路地を行きつ戻りつ、また飲み屋の暖簾をちょいとくぐり、中を確かめている前掛姿のおシカと、それに付いている若い衆の影を想像した。

おシカは想像どおりに動いていた。それはおシカの意地であり、仲間を虫けらのように殺された者の執念でもあった。

七

龍之助の勘はあたっていた。

それも龍之助が微行からの戻り、大門の大通りを過ぎ神明町の通りに入ったころだった。まだ明るい。頬隠し頭巾をかぶった武士は、浜松町のあたりで街道に出ている屋台の蕎麦《そば》屋に顔を入れ、

「おやじ。近ごろ世の中はなにかと住みにくうなったが、商《あきな》いは成り立っておるか」

「へえ。まあ、おかげさまでなんとか」

武士の庶民に同調するような問いに、屋台のおやじは軽く応えた。武士は羽織・袴《はかま》ではなく、気さくな着ながしで大小も落とし差しにし一見浪人かとも思えるが、頬隠し頭巾は崩れてはおらず、手入れのゆきとどいているのがかえって不自然に見える。もちろん蕎麦をすするときは頭巾の前を開けている。おシカがその背を見たなら、たちどころに足を硬直させるだろう。

武士はさらに問いかけた。まだ暗くなっておらず、客は武士一人で、その表情は真剣だった。

「景気が悪ければ、どうかな。物盗りなど出たりはせぬか」

「あっ、そういえば出ましたよ。ほれ、そこの土手道を増上寺さんのほうへ入ったあたりで」

「ほう」

武士は箸をとめ、

「なにが出たのだ」

「へえ。お侍さまにこう言っちゃなんですが。二本差しの追剝ぎだそうで」

「追剝ぎ?」

「へえ。それも女に声を上げられ、なにも盗らずに逃げ出したそうで」

「殺されたり、斬られたりはしなかったのか」

「申しやしたでしょう。女の悲鳴で逃げた、と。二本差しのくせして、締まらねえ話で……あっ、これは失礼いたしやした」

「あはは。よいよい。なかにはそんな侍もいるものだ」

武士は故意に笑ったが首をかしげ、

「ほんとうに殺された者はおらず、けが人もなく、その者は逃げたのか」

念を押すように問いをつづけた。

「そうらしいですよ。ですからあっしら、こうしてきょうも商いができているのでさあ。辻斬り強盗など出た日にゃ、おっかなくってこの町で商いなどできやせんや」

「うーむ」

武士はさらに首をひねった。

屋台のおやじは自然に話しており、誰かと口裏《くちうら》を合わせているようすなどまったくない。昨夜、三ノ助の若い衆らがながした噂のとおりだ。噂ではなくそれが、

――事実
となってながれている。死体を見た者は、三ノ助の配下と龍之助とおシカ以外にもけっこういるはずだが、土手にその痕跡はない。現場からながれる話は、〝真実〟以

外のなにものでもない。

武士は首をかしげながら浜松町の屋台を離れると、頬隠し頭巾の前を閉め枝道に入り、ゆっくりと中門前町のほうへ向かった。

(やはり現場での聞き込みを)

思ったか、三丁目で常店《じょうみせ》の煮売酒屋の縁台に、

「じゃまをするぞ」

腰を下ろした。酒屋がその場で飲む客のため往還に縁台を出し、ついでに煮物も出している店だ。

そろそろあたりは、提灯に灯りが入りそうな時分になっている。職人風の男が、仕事帰りか一人で縁台に座って一杯ひっかけていた。着ながしだが頬隠し頭巾の武士が横へ座ったことに、職人は迷惑そうに腰をずらせた。

「おう、許せ。俺も一杯、ちょいとな」

武士は気さくに話しかけ、

「へえ」

と、返した職人に、

「さっき街道のほうで聞いたが、昨夜このあたりで侍の追剝ぎもどきが出たと聞いた

が、ほんとうか」

「そう、そうでやすよ。お侍さま」

　職人は乗ってきた。徳利を盆に載せ、出てきたおやじも話に加わった。

　二人とも話は一致していた。さきほど屋台で聞いたとおりだ。

「ほう」

　武士はうなずき、縁台を立って路地を抜けた。抜けたといっても、そこはまた別の路地になっている。本門前も中門前も三丁目になれば料亭などなく、小さな飲み屋の軒提灯が点在し、脇に入れば木賃宿なども多い。すでに常店の飲み屋の軒提灯には火が入り、ところどころに女が立って客引きをしている。

　そこを着ながしの武士が歩いても違和感はない。近辺の武家地から、お忍びで一杯ひっかけに来る武士も珍しくないのだ。だが、昨夜の噂だ。ときおり通る男たちに声をかけていた女は、口をつぐみ陰に身を引いた。

「あゝ、よいよい。分かっておる。わしは怪しい者ではない」

　武士が声をかけると、女は怯《おび》えたようすで出てきた。

「さっきもみょうな噂を聞いてな、迷惑しておる。ちょいと一杯飲みたいと思うてな、おまえの店に案内してもらおうか」

「あ、あい」

女が手で示したのは、目の前の暖簾だった。

入るとすぐ、

「なにやら締まりのない追剝ぎが出たそうだなあ」

横に座った女に、武士のほうから話しはじめた。店のおやじも燗《かん》の用意をしながら話に加わり、さきほどとおなじ展開となった。

「刀は抜かなかったようですが、お侍さんの物盗りなんて、恐ろしいですよう」

女は話しながら武士に酌をする。

(おかしい)

内心思わざるを得ない。昨夜、確かに夜鷹を一人、

(斬り殺したはず)

なのだ。草叢に血の跡も生々しいはずだ。現場の町は一夜明けても騒然とし、そのようすを街道沿いの浜松町の屋台で確かめ、引き揚げる予定だった。ところが〝辻斬り〟などなく、あったのは〝締まらない物盗り〟が声を上げられ〝逃げた〟だけだった。町のようすも、きのうと変わりがない。

すぐ近くの三ノ助の住処《すみか》では、

「さあ、暗くなったぞ。野郎がようすを見に来るならそろそろだろう」

「へえ。おい、おシカ。行くぞ」

「あい」

三ノ助に言われ、つき添い人になる若い衆が弓張提灯を手に、前掛姿のおシカと出たのはそのころだった。広くはない町だ。路地から路地を歩けば、おシカがその武士と出会うのはそう困難なことではない。

神明町では、

「夜とはいえ、町中《まちなか》で侍一人をおもてにせず……難しいですぜ」

「なあに、細かいことは三ノ助のつなぎが入ってからだ。……やつめ、きっと来る」

紅亭で待つなかに、伊三次がまた言い龍之助が応えていた。

割烹・紅亭では陽が落ちてからは客は上げず、入っていた客が帰ると暖簾を下げている。だから街道筋の茶店は別として、周囲の飲食の店よりいつも灯りの消えるのが早い。この日も割烹・紅亭の暖簾は下げられ、玄関は板の間の掛行灯一張に雨戸が一枚開いているだけだった。

八丁堀では左源太が平野与力の組屋敷に駈け込み、鬼頭龍之助が今宵も神明町泊まりとなることを告げていた。龍之助の遣《つか》いと聞き、平野与力は玄関の板敷きまで出て口上《こうじよう》を聞いた。

「ほう、さすが鬼頭よ。夜鷹を捕まえるよりも、夜鷹に夜鷹をやらせねえように骨を折っているのだろう」

「へえ。そのとおりで」

左源太は応えた。

帰りに寄った鬼頭屋敷では、茂市が挟箱から弓張の御用提灯を出してくれた。走りながら足元を照らすには、紐で棒に吊るしただけのぶら提灯よりも、固定して持てる弓張提灯のほうが断然使い勝手がいい。

それに茂市は、夕刻時分に岩太《いわた》が来たことを告げ、用件が緊急らしいから、旦那さまに伝えてくれろと逆に頼みごとをされた。

「えっ、岩太どんが」

左源太と気が合う、松平家の中間《ちゆうげん》である。

御用提灯とともに、左源太は岩太の告げたという松平屋敷からの口上を持って、来た道を急ぎ引き返した。

八

頭巾の武士は首をかしげながら、飲み屋を出たところだった。

(どういうことだ。そんなはずはない)

狐にでもつままれた思いで、

(ならばもう一軒)

軒提灯の灯りを求め、別の路地へ入った。武士はまるで騒ぎを望んでいるようだ。

その武士を待つ龍之助には、思い描いている策がある。

紅亭へ駈け込むのはおシカではない。三ノ助の若い衆であろう。即座にお甲をともない、駈けつける。左源太が間に合えばなおよい。大松の弥五郎は若い衆を集め、伊三次の差配で東海道から大門の大通りを固める。大松一家の者は増上寺の門前町には、貸元同士の仁義で踏み入ることはできない。

中門前三丁目に駈けつけると、三ノ助の若い衆らが武士に気づかれぬように、どこへ向かおうと尾行をつけ、かつ周囲を固めている。まわりの貸元衆も、そのために三ノ助の若い衆が縄張内に入ってくるのを承知している。件《くだん》の武士は、すでに袋の鼠である。だが、そやつの腕はウサギの斬り口から予測できた。無頼どもの喧嘩剣法で太刀打ちできる相手ではない。

だから周囲を固めておいて、鹿島新當流《かしましんとうりゅう》の室井《むろい》道場で免許皆伝だった龍之助が駈けつけるのを待つ。

できれば龍之助は、武士に名を名乗らせる余裕を得たいと願っている。おシカに仇を討たせるのはそれからだ。

あとは、三ノ助の仕事になる。実績はある。昨夜の殺しをなかったこととして処理し、町の者までそれを信じているのだ。

「――騒ぎにならず、手早く殺《や》ってくだせえよ」

昨夜、三ノ助は言ったものだった。なるほど町中での大騒ぎになったのでは、いかに土地の貸元でも伏せられなくなる。

その時刻、おシカと弓張提灯をかざした若い衆は、路地から路地へと歩いていた。

「え、お武家ですかい。来やしたよ、頬隠し頭巾なんかかぶって。長尻《ながじり》せずに帰りやしたがね。それもみょうなお武家で、きのうの締まらねえ物捕りの話をさ、殺しじゃなかったのかと幾度も念を押しやしてね」

「そお、外であたしに声をかけてきたときから、怪しい者じゃないなんて、きのうの話を持ち出してさあ」

と、おやじと女が言ったのは、三軒目に入った居酒屋だった。

（おそらくそやつ）

若い衆はすぐさま三ノ助に知らせるとともに、頰隠し頭巾の向かった方向を聞き、おシカとあとを追った。

足の速い若い衆が神明町に走った。

おシカと弓張提灯の若い衆は、ゆっくりと、慎重に、飲み屋をのぞくにもそっと暖簾を分けた。出くわして向かい合うのは恐ろしい。だが、おシカの心《しん》ノ臓《ぞう》は徐々に高鳴りはじめていた。

神明町に走った若い衆が、紅亭の玄関に駈け込んだ。この者も弓張提灯を手にしている。どこの貸元一家でも、いざというときのために弓張提灯の備えはある。

「来たか！」

「へえっ」

「行くぞ、お甲。得物《えもの》を忘れるな！」

「あいっ」

龍之助は着物を尻端折にし、お甲は着物の裾をたくし上げ、知らせに来た若い衆の弓張提灯につづき紅亭の玄関を飛び出した。弥五郎と伊三次は、

「こっちはお任せを！」

神明宮の鳥居の下まで出て見送った。

大門の広い通りは、巨大な黒い空洞と化している。一点のみ、弓張提灯の灯りが激しく揺れている。

「お甲！　大丈夫か」

「あいっ」

昼間ではとうてい見せられないほど裾をめくり上げ、お甲は尻端折の龍之助と若い衆に遅れまいと走っている。

町並みに入った。まばらに灯りが点《つ》いている。

若い衆は目立たぬよう、灯りも人影もない道を選ぶのはお手のものだ。

中門前三丁目に入った。

太り気味の体軀《たいく》に似合わず、三ノ助の手まわしはよかった。

「こっちです。おシカたちの向かっている路地は」

と、縄張内の要所要所に若い衆を立てている。

おシカと弓張提灯の若い衆が幾度目かの角を曲がり、頭巾の武士が〝ならばもう一軒〟と入った飲み屋のある路地に、おそるおそる足を入れた。中に客はいるのだろうが、路地には軒提灯の灯りが一つに人通りはない。

頬隠しの頭巾が、前の部分をはめながら暖簾から出てきた。

「あっ」

声を上げた。おシカにとっては顔など見えなくてもよい。肩と腰つきで仇が見分けられる。足をとめた。

「えっ、あいつかい」

つき添いの若い衆は前面に弓張提灯をかざした。

「ん？」

頬隠し頭巾はふり返った。すでに顔は覆われている。

突然だった。

「おまえだーっ」

つき添いの若い衆がとめるいとまもなかった。おシカはふところに隠し持っていた出刃包丁を振りかざし、頭巾の武士に突進した。三間《げん》（およそ五米）も離れていない。

声は角の向こうまで聞こえた。

「おっ」

龍之助の声か案内の若い衆か、お甲も含め三人は足を速め角を曲がった。

「おウサさんのかたきーっ」

「なにやつ!」

頭巾の武士は一歩飛び下がるなり脇差を抜き、

——キーン
おシカの出刃包丁をはね返した。身近へ迫った対手《あいて》をとっさに防ぐのに一歩退き、大刀ではなく脇差を抜いたのなどはやはり相応の手練《てだれ》である。

おシカの身は勢いがついている。素手になったまま頭巾の武士に体当たりした。

「こやつ! ううっ」

武士は受けとめ、うめき声を上げた。おシカが武士の左腕、肩に近いあたりに咬みついたのだ。右腕は脇差を振りかざしている。

「小癪《こしゃく》なっ」

武士は脇差でおシカの脇腹を刺そうとした。

「お甲、得物を!」

「あいっ」

「おおっ」

案内の若い衆も弓張を前面に突き出した。修羅の光景はつき添いの若い衆の向こうだ。挟み討ちにする容《かたち》に入らなかったのが悔やまれる。だが、軒提灯一張に弓張提灯二張の明るさがさいわいだった。

「えいっ」

お甲は右腕を大きく回転させ得物を放った。手裏剣だ。

「うっ」

頭巾の武士はふたたびうめき、脇差の動きがとまった。右腕に命中したのだ。きわどかった。手元が寸分でも狂えば、おシカの背に刺さっていただろう。

武士は不利を覚《さと》ったか、

「いよーっ」

左腕を咬まれたままおシカの身を突き放し、身をひるがえし路地の向こうに逃げ去った。

「逃がすな！」

龍之助らは追おうとした。

「おっとっと」

突き飛ばされ地面に尻餅をついているおシカにつまずきそうになる。飛び越え、あるいは脇に避け、路地を走り出た。そこはまたつぎの路地だ。暗い。

「きぇーっ」

女の悲鳴だ。

「あっちだ」

若い衆二人の弓張が照らす。

影が二つ。一つは手前で地に崩れ落ち、もう一つは先の角を曲がった。

角の向こうから、

「おおぉぉ」

男の驚愕する声が聞こえた。

龍之助らは走った。

「おっ、おイチじゃねえか」

「まだ生きてる。助けなきゃ」

若い衆が弓張をかざし、お甲が叫ぶ。龍之助はもう一つの弓張とともに走った。角を曲がった。弓張の灯りに浮かんだのは、驚愕の態《てい》で立っている若い衆だった。

「あ、あっち」

暗闇を指差す。なにも見えない。

「旦那っ」

背後から聞こえたのは、三ノ助の声だった。二人ほど手下を従えている。

「いけやせん。殺しです。退《ひ》きやしょう」

「うむ」

三ノ助のとっさの判断に、龍之助もまた即座に応じた。

(何事もなかったように抑える)

大前提だ。要所要所の暗がりに三ノ助の若い衆たちが立っていたのも、武士は龍之助に任せ、出てきた野次馬を抑えるためだった。

ところがすでに殺しが発生してしまった。周辺の貸元にも助っ人を求め、一円に弓張をふんだんに出せば捕えられるだろう。しかし、そこにくり出す野次馬はもう抑えられない。

——殺しが
——それも二本差しが
今夜のうちに噂は広がり、抑えていた噂まで蓋《ふた》を開け、混乱に輪をかけることになるだろう。

防ぐ方途は一つしかない。みずからを抑えることだ。

龍之助にはかすかな余裕があった。頭巾の侍は左腕の肩のあたりをおシカに咬まれ、右腕にはお甲の手裏剣を受けている。素性を洗い出せないことはない。

斬られたおイチは、町内の飲み屋に半年ほど前から住み込みで働きはじめた、今年十五歳の娘だった。おもてがなにやら騒がしく、おやじに言われてようすを見に出たところを頭巾の侍に出くわし、いきなり斬りつけられたのだ。肩から斬り下ろされ、お甲が抱き起こし、その腕のなかで絶えた。

三ノ助は怯え、その所為《せい》もあろうか処置は早かった。二度目だ。

――単なる酔っ払いの喧嘩
周囲の貸元衆も、その夜のうちに承知した。

三ノ助の住処である。明かりは最小限に抑えられている。

奥の部屋で、

「なんてことをしやがった!」

「ぎぇー」

三ノ助がおシカを思いっきり殴りつけ、おシカはその場に倒れ込んだ。

「てめえさえ飛び出さなきゃあなあ！」

「よせ。俺が一足遅れたのだ」

どちらもそのとおりである。さらに蹴ろうとする三ノ助を、龍之助はとめた。

「ちくしょーっ」

畳に身を崩したまま、おシカはうめいた。殴りつけた三ノ助に対してではない。ウサギとこれまで互いに助け合い、いたわり合いながら生きてきたのだろう。

「あいつ！　殺してやるぅ」

「おシカ。仇は俺がきっと討たせてやる。軽挙はいかんぞ」

龍之助は身をかがめ、なおもうめくおシカの肩に手をあてた。肩は小刻みに震えていた。おシカは若いおイチとも町内の顔なじみで、いつも気軽に言葉を交わしていたのだ。

龍之助の決意は、いっそう強まった。だが、仇討ちを認められているのは、武士だけだ。町人には認められず、討てば単なる意趣返《いしゅがえ》しの人殺しと看做《みな》され、その身は牢につながれなければならない。

しかし、方途《ほうと》はある。

（秘かに）

決行することだ。

　おシカの肩の震えは、龍之助の思念をそこに追いつめていた。

「兄イ」

　背後から声をかける者がいた。左源太だ。神明町に駈け戻り龍之助とお甲が中門前三丁目に走ったことを聞き、いま駈けつけたのだ。

「おゝ、左源太」

　言ったとき、龍之助の胸中には瞬時悔やまれるものが込み上げた。左源太も現場にいたなら、お甲の手裏剣につづき、逃げる武士を分銅縄《ふんどうなわ》でその場に横転させられていたのだ。しかし、それをいま思っても詮《せん》ない。

「兄イ。こんな立て込み中に申しわけねえが、組屋敷に岩太が来やしたぜ」

「なに」

　龍之助はおシカの肩から手を離し、立ち上がった。龍之助と左源太、それにお甲のあいだでは、〝岩太が来た〟と話すだけで、松平屋敷の足軽大番頭《おおばんがしら》・加勢《かせ》充次郎《みつじろう》からの遣《つか》いだと分かる。周囲には三ノ助やその若い衆らがいる。左源太は口上を、

「火急に会いたい、と」

　手短にまとめ、さらに、

「こっちからのつなぎはどうしやす」

「ふむ。返事はここがかたづいてからだ」

龍之助は返した。夜鷹にからんだ事件の最中に松平家からの談合要請とは……いくらかの興味は持ったが、いま眼前に展開している事態に直接関連するものとは思わなかった。左源太も、

「へい」

と、それ以上、龍之助をせっつくことはなかった。だが、事態は思わぬところで、しかも深くつながっていたのだ。

二　土手道の夕刻

一

二晩つづけて、龍之助は神明町泊まりとなっている。

二日目の夜は、弥五郎が近くの旅籠《はたご》に一部屋用意するというのを断わり、

「久しいなあ、おめえとこうして雑魚寝《ざこね》なんざ」

「へへ、兄イ。思い出しやすぜ」

と、左源太の長屋にもぐり込み、薄っぺらな夜具に熟睡できた。

朝には左源太の部屋から、長屋の井戸端に龍之助が出てきたのへ占い信兵衛《しんべえ》や付木《つけぎ》売りのおクマ婆さんらが、

「おや旦那、いつの間に来たかね」

声をかけ、左源太には、

「味噌汁、多めにつくってあとで持って行くから」

「おう、ありがてえ。待ってるぜ」

言うのへ左源太はごく自然に返す。長屋に同心が泊まっても、それが龍之助ならこの住人には驚くことでも不思議でもない。龍之助が桶を持って顔を洗う順番を待つのも、ここではきわめて自然な光景だった。

だが、左源太の一点だけが違った。

龍之助と一緒のとき、左源太はことさらに左腕を隠す。島帰りを示す黒い二本線の入墨を、普段なら住人の前でも大っぴらに腕まくりをしているのが、龍之助には見せまいとしているのだ。

「へへ、兄イ。さきにおやんなせえ」

と、井戸端にしゃがみ込んでバシャバシャと顔を洗うにも、自分はうしろにまわっている。

四年前だった。左源太が賭博で挙げられ小伝馬町の牢につながれたとき、龍之助はそこに気がつかなかった。もちろん遠島になってからはさまざまに手をまわし、わずか半年で島から呼び戻した。しかし、事前に気がついておれば、腕に黒い線を入れられ、流人船《るにんぶね》に乗せられることはなかっただろう。

そこを龍之助は、悔やんでも悔やみきれないほど、左源太に申しわけなく思ってい
る。それを左源太は知っている。だから龍之助といるとき、二本の線を見せまいと夏
でも半纏の袖を折ったりはしないのだ。

その左源太の心情を、龍之助は解している。

「おう、そうかい。じゃあ、さきにバシャリといくか」

けさも龍之助は左源太をうしろに待たせ、用がすむとさっさと部屋へ引き揚げた。

左源太もすぐ、さっぱりした表情で井戸端から戻ってくると、

「朝めしの用意をしまさあ」

七厘《しちりん》を外に出し、隣から種火《たねび》をもらって団扇《うちわ》で煙を立てはじめた。まだ、日の出の
明け六ツ時分だ。長屋の路地に朝の煙が充満しはじめた。

「ゴホン。さあこっちで」

煙のなかから声が聞こえた。一人は伊三次だった。

「えぇえ、伊三兄《いさあに》イ。こんなに早く！　ゴホン」

団扇をあおぎながら左源太は煙を避けるように身をねじった。

その声に龍之助が部屋から出てきた。待っていたのだ。思ったより早いつなぎだ。

龍之助はいくらか緊張している。

昨夜の事件が、ただの酔っ払いの喧嘩として抑えられたか、町が朝を目に見えない緊張のなかに迎えたか、龍之助の気になるところである。

「旦那。朝早くから申しわけありやせんが……」

「ふむ。三ノ助一家の代貸だな、ゴホン」

伊三次が言おうとしたのを龍之助は制し、一緒に来た三ノ助一家の代貸に視線を向けた。

「へえ。お知らせしようと大松さんに伺うと、こちらだと聞きやしたもので、ゴホン。伊三次さんに案内していただいた次第でございます、ゴホン」

「中へ入りねえ」

龍之助は部屋へいざなった。外ほど煙は充満していない。昨夜は遅くなったからというよりも、この知らせを待つために神明町に泊まったのだ。

代貸は言った。

「町はまだ寝ておりやす。いつもと変わりなく、へい」

昨夜、大きな事件はなかった。酔客の喧嘩など、毎夜のことなのだ。おイチについては、三ノ助がさっそく請人《うけにん》につなぎをとり、見舞金とともに病死か事故死の措置をとるだろう。どの土地の貸元も、そこにぬかりはない。

「へい。失礼さんにございますよ」

左源太が炭火を熾《おこ》した七厘を持って入ってきた。

「朝のご多忙のところ、申しわけありやせん。ともかく、そういうことで」

三ノ助の代貸は用件だけで引き揚げた。これから左源太の部屋では、朝の用意が始まるのだ。

「へへ、あそこの三ノ助親分。見かけによらず、やることはやっておいでのようでござんすねえ」

「大松《うち》の弥五郎もそう言っておりやした」

七厘に釜をかけながら左源太が言ったのへ伊三次は応え、

「それじゃあっしもこれで」

煙のかなり収まった路地へ出ようと、敷居をまたいだ足をまた中に戻し、

「そうそう、鬼頭の旦那。ついでと言っちゃなんですが……」

伊三次がほんの世間話のように話した。

昨夜、大松一家は念のためにと大門の大通りから街道筋にかけて人を出し、差配は伊三次がとった。そのときのことだ。

「人気《ひとけ》のない街道を北方向へ急ぐ影が一つありやした。提灯はなく月明かりだけでやしたが、どうやら侍のようで、遊びの帰りにしては足早で背をまるめ、いくらか前かがみになっておりやした。それに、頬隠し頭巾をかぶっていたようで」

「誰何《すいか》しなかったのか」

龍之助は真剣な表情になった。

「へえ。走ったり人に追われているようすでもなかったので、そのまま打っちゃっておきやした」

夜道を灯火なしで歩いているだけで、呼びとめ素性を訊いたりはできない。相手が武士であればなおさらだ。

「きのうの夜、街道で見かけた影はそれだけだったもので」

伊三次がふたたび敷居を外へまたごうとすると、鍋を七厘にかけた左源太が、

「あっ、それならあっしも会いやしたぜ」

「えっ」

伊三次は足をとめ、ふり返った。

「あっしが八丁堀からの帰り、こっちへ急いでいるときでさあ」

このとき、左源太は茂市が出した弓張の御用提灯を手にしていた。

「街道で、そう、人っ子ひとりいやせんや。前方に灯りも持たない人の影が見えるんで、何者と思っていると、そう、そういやあ相手からあっしの提灯の〝御用〟の文字が読めるくらいに近づいてからでさあ。その影野郎、さっと脇道へ入《へえ》りやしたぜ。いま思えば、てめえは提灯も持たずに〝御用〟の文字を見て脇道へなど、みょうな野郎でござんしたよ」

「詳しく話せ」

「へえ」

龍之助はますます真剣な表情になり、伊三次も興味を持ったか、その場に立ったまま聞く姿勢になった。

左源太はつづけた。

「さっきの伊三兄イの話を聞き、思い出しやした。その影野郎、侍のようでやした。それも伊三兄イが言ったのとおなじで、すこし前かがみになって両手で腕をかき寄せるようなかっこうをしていやがった。そお、頭巾もかぶっていたようだ。おんなじ野郎かもしれやせんねえ」

「場所はどこだ」

「宇田川町《うだがわちょう》のあたりでさあ」

「なに！」

龍之助の顔に緊張の色が走った。神明町のすぐ北隣の町だ。左源太が中門前三丁目に着いた時刻からすれば、三ノ助がおシカを殴り倒し、龍之助がなだめていた時分になる。

龍之助が緊張したのは、その時刻と場所が宇田川町であったことだ。

神明町から街道を北へ宇田川町の町並みに入り、そこの枝道を西へ折れて町場を過ぎれば武家地になって大名屋敷や高禄の旗本屋敷が白壁をつらね、愛宕下《あたごした》大名小路と呼ばれる広い往還が、東海道と並行するように北へ一直線に延び、十丁足らず（およそ一粁《キロ》）で江戸城外濠《そとぼり》にぶつかり、そこに幸橋《さいわいばし》御門がある。入ればすぐ松平定信の陸奥《むっ》白河藩十万石の上屋敷がある。

「考えすぎかもしれんが」

龍之助はぽつりと言った。中間《ちゅうげん》の岩太はきのう、その屋敷から来たのだ。

「左源太、飯はまだ炊けぬか」

「さっき火にかけたばかりですぜ」

話題を変えた龍之助と左源太に伊三次は、

「これはお忙しいところで。またなにかあればお知らせに上がりまさあ」

言うとこんどはさっさと敷居をまたいだ。龍之助と松平屋敷との因縁は、大松一家の知るところではないのだ。

ふたたび部屋には、龍之助と左源太の二人になった。

「左源太、会うのはきょうの午《ひる》だ。朝めしを喰ったら松平屋敷に走ってくれ」

「がってん。あちちち」

左源太は返し、鍋の蓋《ふた》に手をかけた。そろそろ朝めしの用意ができそうだ。隣の部屋からは、味噌汁のいい匂いもただよってきた。

二

「このあたりでさあ、頭巾野郎が脇道へ入《へえ》りやがったのは」

神明町から街道を北へとり、宇田川町に入ったあたりで左源太は言った。

けさ、朝めしを終えるとすぐ左源太は幸橋御門内の松平屋敷に駈けつけ、大名屋敷というのに中間の岩太を通じただけで、足軽大番頭《おおばんがしら》の加勢充次郎《かせみつじろう》はすぐに出てきた。

鬼頭龍之助からのつなぎを待っていたのだ。

「――きょう午《うま》の刻（正午）甲州屋《こうしゅうや》で」

加勢は即座に応諾《おうだく》した。

帰りに甲州屋へ寄り、あるじの右左次郎《うさじろう》にそれを告げ、いま龍之助と一緒におなじ道を引き返しているのだ。

「臭《にお》うなあ」

龍之助は返し、その脇道に入った。

龍之助と加勢充次郎が会うのは、町場の料亭など目立つところは避け、いつも献残《けんざん》商《あきな》いの甲州屋であり、そこは甲州屋も心得ている。

街道から宇田川町の枝道に入り、さらに角を曲がった人通りの少ないところに、甲州屋は目立たない暖簾を出している。大名小路にも幸橋御門にも近く、かつ目立たない場所として献残屋にはちょうどいい立地だ。

龍之助と左源太が甲州屋の暖簾をくぐると、

「これは鬼頭さま。ご相方はすでにお越しになり、奥でお待ちでございます」

と、面長《おもなが》に金壺《かなつぼ》眼《まなこ》のあるじ右左次郎が揉み手で迎え、

「さあ。左源太さんもこちらへ」

番頭が左源太を別間にいざなう。左源太は機嫌よかった。朝は自前だったが、昼時分に甲州屋に上がれば、近くの料亭から膳を取ってくれる。しかも龍之助たちとおな

じもので、そのうえ加勢充次郎のお供はいつも岩太であり、二人で料亭の膳を突つけるのだから言うことはない。

「やあ、左源太さん」

「いよお、岩太どん。けさほどは……」

と、岩太も機嫌がいい。岩太と左源太との二人の時間も、きわめて重要なのだ。待つあいだに交わす雑談のなかに、おもてからは知り得ない松平屋敷の内側のようすが聞ける。

龍之助は右左次郎に案内され、廊下を奥に入った。いつもの裏庭に面した部屋だ。

「また献残物《けんざんもの》、仰せつかっておりますよ」

「ふむ」

廊下を案内しながらそっと言って金壺眼を細める右左次郎に、龍之助はいつものことながら苦笑を返した。

部屋に入ると、すぐ女中に茶を命じ、あとは早々に退散し部屋はもちろん庭からも人を遠ざけた。これもいつものことである。

部屋で龍之助と加勢充次郎は端座で対座した。

「さっそく呼び出しに応じてくれてかたじけない」

「いやいや、加勢どの。近ごろ貴殿もご存じのとおり、われら町方の仕事は忙しゅうなりましてなあ。以前からの頼まれ事ですが、一向にそれらしい痕跡をつかむこともできず、申しわけござらん」

　相手は松平家の家臣だ。龍之助は皮肉を込めて言った。

「いやあ」

　加勢は苦笑した。皮肉が通じたようだ。だが龍之助の言葉には、もう一つの皮肉が込められている。これには、加勢はまったく気づいていない。気づかれては困るのだ。

　龍之助の言った〝以前からの頼まれ事〟である。

　松平定信が直々《じきじき》に、かつ内々に下知《げじ》した〝田沼意次の隠し子〟を探し出す一件だ。その当人に当人を探せと依頼しているのだから、見つかるはずがない。

　そのことよりも、近ごろの〝奢侈《しゃし》禁止令〟に苦笑した加勢だが、すぐ真剣な表情になった。

「ご足労願ったのはほかでもない。隠し子の件は……」

　と〝隠し子〟の部分だけ極度に声を落とし、

「しばらく横に置き、貴殿を見込んで取り急ぎお願いしたき儀がありましてな」

「隠し子の探索以外に？」

「しっ。声が高うござるぞ。目下わが殿が進めておいでのご政道に関わることでござるが……ま、その、かように言えば、松平家の家臣として、いささか恥じ入らねばならぬことだが、その……」

「貴殿とは極秘の役務を共有している身ではないですか。さあ、忌憚《きたん》なく」

いつになく歯切れの悪い加勢に、龍之助は助け舟を出し、身づくろいをするように聞く姿勢を取った。

加勢は言った。

「当藩の藩士を一人、調べてもらいたいのじゃ」

「えっ」

龍之助は問い返した。町場で女を囲い、秘かに殺害しその証拠を消そうとした山際《やまぎわ》主膳《しゅぜん》の例がある。松平定信の家臣に、そのような者がまた出たとあっては、はなはだ具合が悪い。

(その類《たぐい》か)

目で問うと、加勢は無言でかすかにうなずいた。

「ご当家にも、お目付のお方らがおられましょうに」

逆問いを入れた龍之助に加勢は言いにくそうに、

「むろん、横目付がおりもうす。なれど、藩の者がそれを暴いて処断すれば、藩内の者に知られ、やがては……」

「なるほど、それでそれがしに……」

「さよう。そなたなればと思い、かように恥を忍び……」

龍之助と加勢充次郎が甲州屋で鳩首《きゅうしゅ》するときは、〝田沼意次の隠し子〟のように極秘が前提となっている。

定信の意次に対する意趣返しが断然実行されたのは、衆目《しゅうもく》の知るところであり、そこへさらに〝隠し子〟まで找《さが》し出して抹殺しようというのでは、公然とはおこなえない。衆目に触れては、いかに定信の執念深さが周知のこととはいえ、度量の狭さまでを天下にさらすことになる。

そこで藩士のなかでも市井《しせい》に通じた足軽大番頭の加勢充次郎が定信から秘かに託《たく》され、それを加勢は町方の龍之助に合力《ごうりき》を依頼している。その談合に、いつも甲州屋の奥座敷があてられていたのだ。だからそこで話す内容は、おのずと他言無用であることが、双方の暗黙の了解となっている。

「詳しく申されよ」

龍之助は加勢に目を合わせた。

その視線に、

「ありがたい」

加勢はホッとした表情を見せ、上体を前にせり出し声を低めた。

「その者は石塚俊助《いしづかしゅんすけ》ともうし、馬廻り三百石にて剣の腕もなかなかでござってなあ」

安堵とともに言葉もくだけてきた。

「馬廻りといえば大名家における戦闘集団、最も武士らしいと女にもてるのでしょうかなあ。石塚め、外で女をこしらえおった。それもかなり以前からのようでのう」

松平家では藩内からご政道に背《そむ》く者が出てはまずいと、疑わしい藩士の身辺をつぎつぎと洗い出しているようだ。加勢はつづけた。

「それがなんと浜松町のあたりに妾《めかけ》を囲っていることが判明しましてなあ」

「やはり」

「えっ、やはり？」

思わずうなずいた龍之助に、加勢は緊張したようすになった。

さきほどから龍之助の脳裡には、

（昨夜、伊三次と左源太が見たという頰隠し頭巾の武士が……石塚俊助か）

思いが渦巻いていたのだ。

「いや。浜松町といえばそれがしの定廻りの範囲ゆえ……つい。で、浜松町のいずれであろうか」

「四丁目でござる」

（うっ）

と、洩らしそうになったうめきを、龍之助は呑み込んだ。浜松町は東海道で大門の大通りと交差したところから南へ一丁目から四丁目までとつづき、新堀川に架かる金杉橋の手前がその四丁目である。事件のあった中門前三丁目とは、背中合わせの町ではないか。

「で、その石塚俊助なる馬廻り三百石がいかに？」

龍之助は上体を前にかたむけた。

「うむ」

加勢はうなずいた。配下の足軽がここ数日、外出の多くなった石塚俊助を尾行したという。

「もちろん、確たる手証《てしょう》をつかめば邸内で処断するつもりでのう。ところがおとといの夜じゃ。妾宅《しょうたく》のすぐ近くの中門前町で……」

——石塚の関わったと思われる事件が発生。門前町のことゆえ仔細は判らず
との報告が入った。

「場所が場所ゆえ、下手《へた》に探索の手も入れられず。そこはそれ、町方のおぬしのほうが長《た》けていようから……と思い、きのう夕刻、岩太を八丁堀に走らせたのじゃ。いや、それがきょう会えてよかった。実は、昨夜もなにやら石塚のからんだ事件があったらしい。二日つづけてじゃ。事によっては、われらの手に負えぬ事態が出来《しゅったい》しておるやも知れず……」

加勢は一呼吸つき、

「町奉行所よりも早く事態を把握せねばと思うてのう……」

龍之助の表情に、加勢は視線を釘付けた。

なるほど松平屋敷の探索の者は、門前町をつつくことの危険性を知っているとみえて、詳しくは探索の手を入れなかったようだ。判らぬことは判らぬと、加勢の配下の者は報告している。ということは……。

(加勢どのは、知り得たすべてを話している)

ことになろうか。それに、昨夜の頬隠し頭巾の武士が石塚俊助なる松平家家臣であることに、

（間違いはない）

龍之助は確信した。

「加勢どの。実はねえ、これはまだ奉行所には挙げておりませぬが……」

と、この二晩の事件の実際の概要を龍之助は話した。

「なんと！」

加勢は絶句し、愕然とした態《てい》になった。無理もない。松平家家臣が町場で夜鷹一人と若い酌婦一人を殺害したのだ。おもてになればどうなる。加勢はかならず、裏始末を考えるはずだ。龍之助にとっては、これを明るみに出せば、石塚俊介の身柄は松平家に押さえられ、おシカに約束した仇討ちが果たせなくなる。それに、石塚なる者がなにゆえ夜鷹を殺害したのか……その理由も判らなくなる。

瞬時、

（ここは一つ、加勢どのと持ちつ持たれつになるのが得策か）

脳裡をめぐった。

事件の概要を聞くと加勢は、龍之助にすがるような目つきになり、

「内聞《ないぶん》に処理できもうすか」

「できます」

龍之助は応えた。

二人はようやく膝の前の湯飲みを手に取り、口に運んだ。

「なぜでござろう。お屋敷になにか理由《わけ》でもござろうか」

「うーむ。おそらく……」

双方とも緊張のせいか、くだけたもの言いは消え武家言葉に戻っている。

湯飲みを干し、加勢はつづけた。

「石塚め、探索されていることに気づき、女を殺して何事もなかったように糊塗《こと》しようとしているのか」

「うっ」

龍之助は口にあてていた湯飲みを思わず落としそうになった。加勢がいとも簡単に〝女を殺して〟などと言ったからではない。その言葉から瞬時、閃《ひらめ》くものがあったのだ。それは想像することさえ尋常とは思えぬ、おぞましいものであった。

「いかがなされた」

「いや、なんでもござらん。それよりも、そろそろ」

「さようでござるなあ」

加勢は応じ、手を叩いて甲州屋の者を呼んだ。

すぐに昼の膳が運ばれた。

膳をはさむのは、談合が一段落ついたことを意味する。おもての部屋では、左源太と岩太が大よろこびしていることであろう。

龍之助は箸を動かしながら、

（さっそく手を打たねば、さらに犠牲者が出るぞ。それに仇討ちも……）

思い、加勢は想像を越えた重大事に、

（殿の耳へ入らぬうちに、なんとか処理せねば……）

脳裡にめぐらしている。

互いに相手を必要としているのだ。

膳の進むなかに、龍之助は言った。

「門前町というのは不思議なところで、殺しがあっても何事もなかったように済ませられます。よろしいか」

「ふむ。なれど、かならず始末の結果をお知らせくだされば」

「承知」

「ふむ。この牛蒡《ごぼう》の味付け、なかなかのものでござるなあ」

「そのようでござる」

双方の口の中で、牛蒡を嚙み砕く音がし、その歯ごたえとともに顔を見合わせ、うなずきを交わした。

加勢は、松平家の家臣が一人、町場で秘かに始末されることを容認した。

(殿にも他の藩士にも知られぬよう処理するには……)

それもやむを得ずと判断したのであろう。

(今宵か明日の夜になろうか)

龍之助の脳裡は、早くもその算段を進めていた。

加勢充次郎と岩太が甲州屋を出て大名小路に入ってから、間をおいておなじ暖簾を出た龍之助と左源太は、街道のほうへ歩をとった。

「どうだったい。松平屋敷のようすは」

「それがまた、一人一人身辺を探られているようで、家臣どもは戦々恐々としているらしいや」

「なるほどなあ」

左源太が岩太から聞いた話に、龍之助はうなずいた。

「で、兄イのほうは？」

「あゝ。隠し子の件じゃなく、もろに中門前の事件に関わることだった」

「えっ」

「詳しいことはあとで話す。俺はいまから奉行所に帰《けえ》って夕刻にまた来るから、それまでにおめえとお甲で確かめておいてもらいてえことがある」

加勢の言った石塚俊助が囲っている女は美芳《みよし》といい、浜松町四丁目の妾宅で三味線の師匠をしているらしい。

「それを確認し、最近美芳の身辺になにか変わったことがないかどうか、だ」

「へい。おやすいご用で」

ごく普通の町娘なら骨も折れるが、職を持った女なら聞き込みは入れやすい。

話しているうちに二人の足は街道に入り、

「頼んだぞ」

「へい」

と、北と南に別れた。

三

奉行所に戻ると、いつもより静かだった。同心溜りに行くと、誰もいない。隠売《かくしばい》女《じょ》禁止令が出てからというもの、定町廻り同心も実績を上げねばならず、隠密同心よろしく町場に出歩いているようだ。

龍之助は、

「ちょいと調べ物がありましてなあ」

と、例繰方《れいくりかた》の部屋に入った。書役《かきやく》同心が文机《ふづくえ》をならべ、過去の事件を書き記した御《お》留書《とどめがき》がそろっている。

「七、八年前でしたかなあ。夜鷹が三人ほど立てつづけに殺された事件がありましたろう。それをちょいと」

ちょうど龍之助が八丁堀に入ったころの事件で、猟奇的でもあったため記憶に残っていたのだ。

「ほう、鬼頭さん。こんどのお達しになにか関係でもありますので?」

「いや。おなじことがあってはならんと思いましてなあ」

龍之助が言ったのへ、書役同心もよく覚えていたとみえ、すぐにその箇所の御留書を出してきてくれた。

紙片をめくった。

あった。

小石川で岡場所の女が旗本の次男坊につぎつぎと斬り殺されていた。動機の項に目をとおした。

(やはり)

思うと同時に、戦慄を覚えた。

旗本の次男坊に養子の話が持ち上がり、岡場所になじみの女がいたことを隠蔽《いんぺい》するため、殺害に及んだのだ。それがなぜ三人も……。無関係の者も殺し、変態者か乱心者の仕業と見せかけるための所業だった。むろんその者は屋敷で秘かに切腹を強要され、柳営からの強いお達しで奉行所は公表せず、事件は未解決として葬られた。

それが例繰方に残っている。気骨のある与力が、せめて御留書には……と、残しておくことを命じたのだろう。

「いや、参考になりました」

龍之助は書役同心に礼を述べ、部屋を出た。

もし松平屋敷の石塚俊助もおなじ動機であれば、

(今宵もまた出てくるはず)

そして三味線の美芳よりも、夜鷹が狙われる。これまで殺した二人は事件にはならず、何事もなかったことになっているのだ。石塚俊助には、思惑に反することだ。

おもて玄関に急いだ。

呼びとめられた。

与力の平野準一郎だった。

「おまえの受持ちの神明町や増上寺門前では、夜鷹が引き潮のごとく出なくなったそうではないか」

「はい。さようにしておりますので」

廊下での立ち話になった。

「それでよい。むやみに人を引っくくるのが、いいというわけではないからなあ」

「私もさように思い……」

一礼し、玄関へ急いだ。

「励め」

「はい」

背に聞こえた平野与力の声にふり返り、また一礼し、同時に首をかしげた。

(なぜ平野さまは、神明町からも増上寺門前町からも、夜鷹が一斉に消えたことを知っていなさる?)

考えられることは一つしかない。

松平屋敷が密偵を町々に放ち、町方同心の仕事ぶりを監視している……。

それを差配しているのは、きょう中食《ちゅうじき》をともにした足軽大番頭の加勢充次郎……。

松平定信は毎日のように南北町奉行に町方同心たちの働きぶりを知らせ、競争させるように成果をせっついているようだ。

北町奉行所を出た。

街道に入り、行き交う往来人や大八車のあいだに歩を速めた。西の空に陽が大きくかたむいている。

思えてくる。

(余計な手出しはご無用)

加勢充次郎に言っておくべきだった。

だが加勢は、中門前の事件の詳細は龍之助から聞くまでは知らなかった。松平屋敷の密偵たちより、町奴《まちやっこ》の働きのほうが勝《まさ》っている……。

「ふふふ」

歩を速めながら、思わず含み笑いをした。

龍之助の足が神明町に着いたのは、ちょうど陽が落ちたときだった。

「あ、旦那。茶店《うち》はこれから閉めさせていただきやす」

茶店の紅亭を仕切っている老爺《おやじ》が、暖簾を下げに出てきたところだった。

「おう。ご苦労さん」

龍之助は返し、神明町の通りへ入った。ちょうど往来の者が、

「これは旦那。これからお見まわりですかい」

「お手やわらかにお願いしますねえ」

と、参詣客から遊び客へ変わろうとしているときだった。

住人がこうも気さくに声をかけてくるのも、神明町なればのことである。

「おめえらも、ほどほどになあ」

龍之助は声の一つ一つに返しながら歩を進めた。

割烹の紅亭では、

「龍之助さまア、いえ、旦那ア」

お甲が出迎え、

「左源の兄《あに》さんから聞いたこと、調べておきましたから。いまもその話を……」

耳元でささやき、奥へいざなった。

お甲の部屋だ。座敷はお客が入っているようだ。

「左源太どんから聞きやしたが、三助どんの苦労がまだつづきそうなので、後詰《ごづめ》ができればと思いやしてね」

お甲が襖《ふすま》を開けるなり言ったのは、小柄で坊主頭の弥五郎だった。それに左源太だけでなく、代貸の伊三次も来ていた。

「浜松町は街道の町筋で門前町じゃねえ。大松《うち》から人を出しても、問題はねえと思いやしてね」

「ほう。気が利くぞ」

弥五郎が言ったのへ龍之助は返しながら腰を下ろし、お甲がその横に座った。円座になっている。

「さっそくだが、兄イ」

左源太が話しはじめた。美芳なる三味線の師匠は確かにいた。街道から枝道に入った裏手に、小ぢんまりとした一戸建ちの家作があり、そこで〝三味線教授　美芳〟と記した木札を格子戸の柱に掛けていた。

「三十路《みそじ》に近い年増で、これがまた色っぽいそうで」

「確かに色っぽい女でさあ」

左源太の説明に伊三次がつないだ。ときおり神明宮に参拝に来るとかで、顔は見て

知っているらしいが、

「それがお武家の囲われ者とは知りやせんでした」

お甲も言った。近所に聞き込みを入れたのだ。

「お弟子さんは女しか取らないそうで、旦那に焼餅を焼かれないように気を遣っているんでしょうかねえ。近所の人たちは、美芳さんが旦那持ちだっていうことを知っているようでしたよ。近くの八百屋の娘《こ》さんが通っていて、その娘から聞いたのですけど、美芳師匠はここ数日、なにやらイライラしたようすらしいですよ」

「へへん。あっしはきっと、旦那との別れ話が持ち上がったんじゃねえかと睨んだのでやすがね」

左源太が締めくくるように言った。

「あたっているぞ、左源太」

「えっ、そうですかい。だったら兄イ。きょう昼間の話はなんだったんですかい」

左源太は問いを入れた。甲州屋で龍之助が松平家の家臣とときおり会っていることは、弥五郎も伊三次も知っている。だが、それが〝田沼意次の隠し子〟に関する件であることは知らない。知っているのは左源太とお甲のみである。

「兄《あに》さん」

と、お甲が左源太をたしなめるように睨んだ。だが、

「そのことよ」

間をおかず龍之助は話しはじめた。

「おめえら、覚えているかい。七年前のよ……」

全員が知っていた。許せない事件であったためか、秘かにかわら版が出て全容は広く知られている。知られている事件をおもてにすることが、法度《はっと》になっているのだ。洩れたのは奉行所からだろうが、同心になりたての龍之助ではない。御留書にも残したように、奉行所にも柳営の裏をかく者はいるようだ。

「許せない！　いまだにっ」

「だっちもねえぜ、あのときの事件はよう」

お甲が柳眉を逆立てれば、左源太もうめくように言った。むろん、弥五郎も伊三次もうなずいていた。

「それがよ、ふたたび進行しているっていやあどうする」

「えぇえ！」

一同は驚いたが、答えは決まっている。龍之助は石塚俊助なる名も明かし、

「処理は松平屋敷から任されておる」

「おぉお」

弥五郎が感嘆の声を上げ、小さな目を見開いた。その双眸が不気味に見える。

「お甲、左源太！　案内しろ」

龍之助は二人をうながし、

「弥五郎！　一ノ矢に話をつけ警戒を厳にさせろ。ただし、どの者が石塚俊助か判明しても手出しは無用。俺が按配しておシカに殺《や》らせる」

弥五郎に異存はなかった。一ノ矢も三ノ助もよろこんで従うはずだ。

玄関で龍之助はお甲と左源太に言った。

「おめえら、得物は忘れていねえな」

「あ、わたし、部屋に」

お甲は部屋にとって返し、職人姿の左源太は腹掛《はらがけ》の口袋《こうたい》を手で叩いた。

ふたたび玄関へすり足で急ぎ出てきたお甲は、

「これも必要でしょ」

と、無地のぶら提灯を手にしていた。

まだ火は点けていない。秋口で日は短くなり、紅亭の廊下の掛行灯には火が入っているが、外はまだ小半時（およそ三十分）は提灯なしでも歩けそうだ。もっとも山家《やまが》育ちの左源太やお甲には、新月で漆黒の夜でない限り、外を走るにも提灯など必要としない。提灯を持つのは、無灯火で歩いていると怪しまれるからだ。

龍之助らが街道に向かってから、紅亭の前はにわかに忙しくなった。若い衆が弥五郎に呼ばれ、つぎつぎと増上寺門前町の貸元衆のもとへ走ったのだ。一ノ矢の住処《すみか》には伊三次が向かった。

四

街道は夕刻の誰もが急ぎ足になる喧騒を終え、人通りもまばらになっていた。

「兄イ。そこの角を曲がったところでさあ」

左源太が前方の角を手で示した。裏通りであれば、さらに人影はない。

曲がった。なるほど小ぢんまりとして格子戸の玄関口が直接往還に面し、稽古事のお弟子が出入りするには便利な造作《ぞうさ》だ。

玄関の雨戸がすでに閉まっている。おもてからは、中に灯りが点いているかどうかは分からない。

「ちょいと見てきまさあ」

左源太が路地というより隣家とのすき間に入り、いくらか間をおいて出てきた。

「裏手は板塀で中は小さな庭のようで、すき間からのぞくと灯りがありやしたぜ」

「人の動いている気配は」

「ありやせん」

石塚俊助は来ていないようだ。

「よし。念のためだ、お甲。おめえが訪《おとな》いを入れろ」

「はいな」

「左源太。おめえは提灯に火を入れてこい」

「へい」

左源太はお甲から折りたたんだ提灯を受け取り、街道のほうへ走った。日暮れてから他人の家を訪《おとな》うのに灯りを持っていなかったら、相手に警戒心を与えてしまう。

お甲は雨戸を軽く叩いた。

反応がない。

さらに叩き、

「ごめんくださいまし」

「へへ。街道に出ていた屋台でもらってきやしたぜ」

左源太が灯りを提げて戻ってきた。

お甲が手に取り、

「遅くに申しわけありません」

さらに叩いた。

雨戸の中に、人の気配がする。

お甲は提灯の灯りを雨戸のすき間に近づけた。それを確認したか、

「どちらさまでしょうか」

丁重な、女の声だ。

「神明町の紅亭の仲居でお甲と申します」

名乗った。紅亭の仲居の着物のままで来ているのだ。

「お弟子のお申し込みなら、あしたにしていただけないでしょうか」

「いえ、そんなのじゃありませぬ。ここ数日の騒ぎで、是非お耳に入れておきたいことがございまして」

「えっ」

雨戸の向こうは、一瞬驚いた声になった。やはり美芳には、連日の騒ぎに気になるものがあるようだ。

「どのようなことでしょうか」

まだ雨戸を開けようとしない。

「ともかく開けてくださいまし。あっ、人が来ました。早く！」

「は、はい」

美芳は急いだお甲の声に釣られ、格子戸を開ける音に雨戸の小桟《こざる》をはずす音がつづいた。左源太が外から引き開け、

「あぁぁ」

お甲につづいて龍之助が素早く押し入り、さらに左源太がうしろ手で雨戸を閉めた。玄関の中は美芳の持った手燭とお甲の提灯で明るくなった。

声をかけたのが明かりもなく男の声であったなら、雨戸を蹴破らなければならなかったかもしれない。

美芳は驚愕の態《てい》になり、

「い、いったい。あ、北町の旦那！」

と、その同心姿を、幾度か町場で見ているようだ。

「ごめんなさい。おどかしたりして。急な用件なもので」

手燭を持ったまま退いた美芳にお甲は声をかけ、

「そういうことだ。みょうな開け方をさせてすまねえ」

いたわるような龍之助の口調に、美芳はいくらか表情をやわらげた。あらためて二つの灯りのなかで三人を見ると、いずれも近くの町場で見覚えのある顔に、

（あら）

といった面持ちでうなずきを見せた。

そうした美芳の変化を龍之助は見逃さず、玄関の三和土《たたき》に男物の履物がないのを確かめると、

「松平家の石塚俊助は来ていないようだな」

「えっ」

ふたたび緊張した美芳に、

「きょうはそのために来たのだ。おめえの合力《ごうりき》が必要でなあ。上がらしてもらうぜ」

役人から〝合力〟と言われ、美芳はうなずかざるを得ない。その目は、同心姿の龍之助を凝《じ》っと見つめ、警戒心を解いたようだ。龍之助はその視線から目を離し、

「おう、左源太。おめえは提灯を持って近くを警戒しろ。一ノ矢や三ノ助たちも若い衆を出しているはずだ。石塚が来たらすぐさま裏口から知らせるのだ」

「へい」

左源太が返すのと美芳が再度うなずくのが同時だった。裏庭の板戸を開けておくことを、美芳は承知したのだ。

左源太がぶら提灯を手に外へ出ると、ふたたび雨戸は閉められた。声も物音もいたって低く、近所で三味線師匠の玄関に人の出入りがあったことに気づいた者はいないだろう。玄関前は、ふたたび宵の口の静かさに戻った。

稽古部屋の奥が居間で、その奥は台所のようだ。居間には行灯の灯りがあり、夜具の用意はまだのようだ。

美芳は裏庭に出て勝手口の板戸の小桟をはずすとすぐに、

「さっきの職人姿のお方、いつでも入れるようにしておきました」

と、そのまま台所に入った。

「あら、わたしが」

お甲も手伝い、火種が残っていたので茶を沸かすのに手間はかからなかった。

三人は三《み》つ鼎《がなえ》に座った。さすが美芳は三味線の師匠か、端座するにも背筋が伸び、姿勢がよい。お甲も端座に座り、

「この旦那はね、よく神明町の紅亭へおいでになるものだから、わたしはそのおさんどん役」

「そういうことだ。さっきの職人姿は俺の岡っ引だが、この者の前で御用の話をしても差し支えないと思ってくれ」

「えっ。さっきの職人さん、旦那の岡っ引だったのですか。どおりで……」

定町廻りのとき、職人姿の左源太が道案内に立っているのを見かけたのだろう。美芳は得心した表情になり、お甲にも視線を向けうなずいた。御用の息がかかった仲居さんと看《み》たのだろう。

その視線にお甲は微笑み、うなずきを返した。

龍之助は、石塚俊助の名を出したときの美芳のようすから、自分の立てた推測に間違いはないとの確信を深めた。

三つ鼎の座に、龍之助は切り出した。

「きょうはなあ、おめえが石塚俊助なる松平家家臣の世話になっていることを承知のうえで来たのだ。そこをよく料簡《りょうけん》してくれ」

伝法な龍之助の口調に美芳はうなずいた。

龍之助はつづけた。

「ところがこのご時勢だ。どうだい、石塚はよくしてくれているかい。とくに松平家じゃ家臣への締めつけが最近きつくなっているが」

そこまで言ったとき、美芳は反応を見せた。端座のまま、上体を前にせりだしたのだ。龍之助には、それがなにかを訴えかけるように見えた。

「ほう。変わったことがあるようだなあ。それにおめえ、知っているかい。きのうおとといと二晩つづけて、この奥の中門前でちょっとした騒ぎのあったことを」

「はい、聞いております。酔客の喧嘩だとか……」

三ノ助一家の働きが功を奏している。だが、美芳は龍之助の双眸を、強い視線で見つめた。噂の内容に、疑問を持っているようだ。

その視線に、龍之助は返した。

「そうかい。おめえもなにか変だと思っているようだなあ」

かすかに美芳はうなずいた。

龍之助は追い討ちをかけるように言った。

「さっき言った二晩の騒ぎよ。ありゃあ酔っ払いの喧嘩なんかじゃねえ。殺しよ。それも女ばかり二人も。殺《や》ったのは石塚俊助だ」

「えぇえ！　やっぱり!!」

美芳は前にのめりだした身を支えきれず端座のあしを崩し、なおも目は行灯一張《ひとはり》の灯りのなかに、龍之助を見つめつづけている。

「やっぱり？　おめえ、やはり心当たりがあるようだなあ」

美芳の身が硬直している。顔も蒼ざめているのが、淡い灯りにも看《み》て取れる。

龍之助は話をつづけた。

「知っているかい。もう七年前になるかなあ。小石川で夜鷹三人がつぎつぎと殺された事件をよ」

「は、はい。はい、知っております」

「中門前でおととい殺されたのも夜鷹で、きのうは若い酌婦だ」

「ううっ」

美芳は足を崩したままふたたび身を前にせり出し、身を支えるように両手を畳についた。もはや三味線師匠の態ではない。

「聞かせてもらおうか。俺は町方だ。不逞《ふてい》な侍にこれ以上ふざけた真似はさせねえ。さあ」

「美芳さん。わたしも、女として許せないのです」

お甲も口を入れた。玄関で美芳が最初に警戒心をやわらげたのには、お甲の存在が大きかった。

「はい」

美芳はうなずき、居住まいを正すように端座の姿勢に戻り、

「石塚さまのお世話を受けるようになってから、もう四年になります。そのころわたしは川向こうの深川で三味線の大師匠の代稽古をしておりました。一人立ちの教授処を開くため、こちらに移ってから一年半になります」

と、話しはじめた。この小ぢんまりとした妾宅は、石塚が用意したのであろう。さらにつづけた内容は、案の定だった。

藩士の身辺検査が厳しくなった邸内で石塚は焦った。隠売女禁止令が布告されたなかに、町場に馴染みの女がいるどころか、囲い者にしていることなどが発覚すれば、――自裁《じさい》を迫られることは明らかだ。切腹である。

免れる道は一つ。手証を残さぬため、美芳そのものがいなかったことにする……。

「石塚さまは、わたしに手切れの話はなさいませんでした。ですが、ここへおいでになったときのようすで、それは分かります」

美芳は言う。

お甲が大きくうなずきを入れた。

最近石塚が来たのはおとといだという。ウサギが殺された日だ。あの日の騒ぎを思

えば、石塚がこの妾宅を出てしばらくしてから発生していた。

「そのあと、石塚さまはここにはお戻りになりませんでした。わたしは騒ぎの噂を聞いたとき、もしや石塚さまが……真剣に思いました。七年前の小石川の事件が脳裡にめぐり、手足が震えました。しかし、騒ぎは酔客同士の喧嘩だとか……不思議に思っているところへ、さらにきのう似たような事件が……。石塚さまはここへはおいでになっていません。ますます七年前の小石川の再現かと思いましたが、やはり酔客の諍《いさか》いだったとか。わたしはもうわけが分からなくなりました。そこできょう、いま同心の旦那から真相を聞かされ……」

美芳の言葉は途切れ、両腕で肩をかき寄せ、視線を畳に落としわなわなと震えはじめた。

「よく話してくれた。俺たちがおめえを護ってやろうじゃねえか」

「そうですよ。わたしも、石塚俊助とやら、絶対に許せません！」

龍之助の言葉にお甲がつづけた。

そのときだった。

裏の板戸にことりと音が立ち、三人ともびくりとした。さらに裏庭に人の気配が……。龍之助は刀を引き寄せ、お甲はふところの帯にはさんだ手裏剣に手をかけた。

「兄イ、お甲」

　左源太の声だった。

　一同は一息つき、

「動きはあったかい」

　龍之助は刀を手に裏庭に面した濡れ縁に出た。

　左源太の提灯がそれを照らした。

　裏庭には三人の影が……左源太のうしろに、一ノ矢と三ノ助だった。

　部屋の中では、お甲がなおも緊張している美芳のかたわらについている。

「どうしたい」

　部屋の中にも龍之助の声が聞こえる。

「現われやしたぜ。いま三ノ助親分の若い衆が尾《つ》け、一ノ矢親分の若い衆が周辺の町場を固めておりやす」

「旦那ももうおいでと聞きやしたもので。さあ、ふん縛れとおっしゃるなら、ふん縛りやすぜ」

　左源太の声につづけたのは三ノ助だった。

「どうしやす」

一ノ矢も催促するように言った。

「よし。おシカを待機させ、野郎が刀を抜けばその場で始末しろ。それ以外は手出しはせず、なすがままにさせておけ。ここに来たなら、中に入れる。あとは俺に任せて周囲を固めてくれ」

「難しい注文でやすが、分かりやした」

一ノ矢が返し、さらに、

「旦那、どうも変ですぜ。中間の変装か侍が化けやがったのか、得体の知れねえお店《たな》者《もの》風《ふう》や職人風の者が数人、野郎のまわりを嗅ぐようにうろついてやがるので」

「放っておけ」

龍之助は言った。町衆には目障りな存在だろうが、それが松平屋敷の密偵で、差配が足軽大番頭の加勢充次郎であることを、龍之助は気づいていた。

「へえ。そうおっしゃるなら」

一ノ矢の返事は不満そうだった。

部屋の中で、美芳とお甲が息を呑み、顔を見合わせている。美芳は怯えている。石塚俊助が七年前の小石川の事件をなぞっているのなら、あと夜鷹を一人か二人、そして最後に殺されるのは、自分なのだ。

龍之助が部屋に戻ってきた。

ふたたび部屋では三つ鼎になった。

「さっき名が出たおシカなあ」

「同業の人を石塚俊助に殺された夜鷹さんでしてね。旦那が、その女《ひと》に仇を討たせたいと……」

龍之助が言いかけたのをお甲が引き取り、

「殺されたのはね、名はウサギさんにおイチちゃん……」

「ウ、サ、ギさん、お、イチ、ちゃん」

美芳は二人の名を復誦《ふくしょう》して両手を合わせ、しばらく合掌の姿勢を崩さなかった。

(自分のせいで)

二人は殺されたのだ。


左源太が裏手から戻ってきた。一人だった。提灯の火を消して座に加わり、

「へい。野郎め……」

龍之助にうながされ、石塚俊助のようすを話した。

日暮れ前に大門の大通りを経て中門前一丁目に入り、あちらの角こちらの角と曲が

りながら三丁目のほうへ向かい、ときおり飲み屋に入って軽く一杯引っかけることもあったという。日が暮れてからも、寒くもないのに頬隠し頭巾をかぶり、飲み屋に入っても頭巾は取らなかったらしい。

「へへ。そのたびにすぐ近くに三ノ助親分の若い衆が座りやしてね。野郎、しきりにこの二、三日、夜鷹が殺されたとか、そういった事件はないかなどと、店の者に訊いていたそうで。あはは、あれはなかったことになっていやすからねえ。誰もあったなどと応えやせんや」

左源太は愉快そうに言う。

さらに石塚は三丁目に入ってから、

「へへ。これはあっしも見やしたぜ。頭巾野郎め、ふところから出した提灯に火を入れ、土手道に出たと思いなせえ。あははは、あちこち照らしてしきりに首をかしげ、草地にも入り、すごすごと出て来やしたぜ」

二人斬ったのが、まったく噂にもなっていない。ならばと新たな獲物を求めて土手道に出ても、出ているはずの夜鷹が一人もいない。

「そのあとでさあ」

左源太は笑い顔から急に真剣な表情になった。

　石塚は土手道で歩を街道のほうへ取り、浜松町四丁目すなわちこの町に入り、

「雨戸の閉まった、ここの玄関前でとまったのでさあ」

「えぇっ」

　美芳は思わず龍之助のほうへ身を寄せた。

「それで？」

　お甲がさきをうながした。

「頭巾野郎め、しばらく雨戸を凝っと見つめ、ただそれだけで立ち去り、街道に出て北のほうへ」

　幸橋御門への方向である。

「あっしはそこまででこっちへ帰って来たしだいで。あとは一ノ矢の若い衆が尾けやした」

　美芳はまだ震えている。

　ふたたび裏庭の板戸に人の気配が……そのたびに美芳はびくりとする。三味線の師匠で囲われ者……美芳は世間ずれした莫連女《ばくれんおんな》ではなかった。物静かで、馬廻役の石塚はそういうところが気に入ったのかもしれない。だが、そういう女ほど別れ話には手こずるものだ。

裏庭に提灯の灯りをかざしたのは、一ノ矢の代貸だった。

「おぉ、おめえか。ようすはどうだ」

「へい。野郎は一人で大門の大通りを北へ過ぎ、そこからは大松の兄弟《きょうでえ》が」

伊三次だ。増上寺門前の貸元衆と神明町の大松一家との連繫はうまく作用しているようだ。

その伊三次も来た。

「愛宕下大名小路に入り、そのまま北へ。幸橋御門へ向かったものと思われやす」

伊三次は言い、つけ加えた。

「みょうな影が数人、灯りも持たず頭巾野郎を尾けておりやしたぜ。そやつらに感づかれてはならねえと、あっしは大名小路の手前で脇道にそれ、引き返しやした」

「ふむ。それでよい」

龍之助は言った。

きょうの石塚俊助は、美芳を斬る心積もりはしていなかったのだろう。それを変態者に見せかけるための環境づくり……それも成し得なかった。おとなしく帰る以外なかったのであろう。それに〝みょうな影〟は、松平屋敷の放った密偵であろう。そやつらに町衆の動きを覚《さと》られるのは得策でない。伊三次が大名小路の手前で引き返したのは、適切な処置だった。

「よし、伊三次。あしたが正念場だ。増上寺門前の衆とうまく歩調を合わせてくれ」

「へい」

三ノ助の貸元と同様、伊三次も裏庭で話すとすぐに引き揚げた。それぞれの動きに無駄がない。

その夜、美芳のたっての願いで龍之助、お甲、左源太の三人は妾宅に泊まった。話した。話していなければ、美芳の恐怖心が収まらないのだ。

「鬼頭さま。〝あしたが正念場〟とは……」

淡い行灯の灯りのなかに、美芳はおそるおそる言った。

「あはは」

龍之助は故意に笑い声をつくり、

「松平屋敷のようすから見れば、石塚俊助め、てめえの身を護るための時間的余裕はないはずだ。一日も早く決着をつけたがっていようよ。だから、来るのはあしたってことになる。夜鷹を殺しにか、それとも早々におめえをなあ」

「ううっ」

言われて美芳はうめいた。

「ひどいじゃないですか、当人を前にして」

「いや。あしたは美芳にも一芝居打ってもらわねばならん。いまから腹をくくっておいてもらわねばなあ」

　お甲が抗議するように言ったのへ、龍之助は悠然と応えた。美芳は黙ってうなずいていた。

「しかし、兄イよ。夜鷹を狙うのなら、ここじゃなくったっていいはずだぜ。ここで張っていて、他所へ行って殺《や》りやがったらどうするよ」

「あはは。左源太、考えてみろい。やつの狙いは美芳だ。それを市井の〝変態者〟の仕業に見せかけるためには、殺される夜鷹もこの近くじゃなけりゃならねえ。だから中門前三丁目の土手ってことにならあ」

「わ、わたくしが囮《おとり》になって……それとも、ここへ引き込んでわたくしが」

「ならねえ。おめえが渦中の女になってみろい。石塚を始末したはよいが、そのあとおめえ、この町に住めなくなるぜ」

「そりゃあいけねえ。美芳さんみてえな人には、ずっとここにいてもらいてえ」

「兄《あに》さん」

　陽気に言った左源太を、お甲は睨んだ。

座がいくらかやわらいだが、すぐまた緊張の糸が張られた。

龍之助が言った。

「それに、死体の始末を考えりゃなあ、場所は増上寺門前の貸元衆の縄張内《しまうち》じゃねえといけねえのよ」

「…………」

左源太とお甲は無言でうなずいた。

策は練られた。

増上寺から鐘の響きが伝わってきた。夜四ツ（およそ午後十時）になったようだ。

五

日の出と同時だった。

左源太は幸橋御門内の松平屋敷に走り、龍之助は茶店の紅亭に移った。左源太からの連絡を待つためだ。お甲は美芳が怯《おび》えているので、昼間は安全だといっても気を鎮《しず》めるため、一日中美芳につき添うことになった。

――一刻も早く、談合したい

松平屋敷で、左源太は龍之助からの伝言を加勢充次郎に告げた。逆に加勢が指定した時間は、なんときょうの昼四ツ（およそ午前十時）だった。急いで神明町に引き返し、茶店紅亭で待つ龍之助に告げるなりすぐ出かけなければならない。

加勢も昨夜、配下の密偵たちから石塚俊助がまたも増上寺の中門前町を徘徊《はいかい》し、美芳の妾宅の前で立ちどまったことを聞かされたのだろう。焦っている。お供の左源太や岩太にとっては昼どきがはずれ、残念なことではあろう。

きのう以上に、甲州屋での談合は緊迫したものになり、かつ短かった。

龍之助は端座で加勢と向かい合い、

「石塚俊助の許せぬ所業、藩邸内にも秘しておくご存念ならば、今宵は貴殿の密偵を彼奴《きやつ》の身辺から引き揚げていただきたい」

「承知」

加勢は応じ、一言つけ加えた。

「ただし、処理の成果は正確に伝えて欲しいが、いかがか」

「むろん。町衆の力には侮《あなど》りがたいものがござるが、その詳細はなんとか、いや、慥《しか》と入手いたしましょう」

言った龍之助を、加勢は頼もしそうに見つめた。確約できるはずである。龍之助は貸元衆には手を出させず、おシカに仇討ちを約束しているのだ。

談合はそれだけだった。

加勢が中間の岩太をともない甲州屋を出てから、つづいて腰を上げた龍之助に、あるじの右左次郎がそっと言った。

「きのうのうちに、加勢さまから依頼された役中頼《やくちゅうだの》み、八丁堀のお屋敷にお届けしておきました」

「ふむ。それは、それは」

「ふふふ。それが手前どもの商いでございますから」

松平定信が世に賄賂《まいない》厳禁を沙汰しているなか、甲州屋右左次郎はきわめて自然に言った。役中頼みといえば聞こえは露骨ではないが、松平屋敷が町方同心に人知れず金品を贈っているのだ。

龍之助と左源太はおシカとともに、中門前三丁目の三ノ助の住処《すみか》に待機した。もちろん、今宵の打ち合わせもした。

お甲は昼間に一度、着替えの着物を取りに割烹・紅亭に戻った。

太陽が西の空にかたむくのを待った。

女は腹を据えると度胸も出てくるのか、美芳の妾宅からはいつものとおり、お弟子に稽古をつける三味線の音が聞こえていた。

「いいか、おめえら。周辺に野次馬が出ねえように見張るだけで、くれぐれも手を出すんじゃねえぞ」

龍之助は三ノ助の住処で告げ、左源太とおシカをともない、外に出た。三人の地に引く影が長い。日の入り間近だ。

妾宅から三味線の音は聞こえなくなった。きょう最後のお弟子が帰ったばかりで、雨戸はまだ閉めていない。

左源太が格子戸を開け、

「おう、来たぜ」

声を入れると、美芳とお甲が待っていたように居間から廊下をすり足で走り出てきた。きょうおシカをともなうことは、お甲がすでに美芳に話している。おシカは、

「えっ」

お甲の姿を見てかすかに声を上げた。赤みがかった花模様の、腰切で袂《たもと》の細い筒袖《つつそで》の着物に絞《しぼ》り袴《ばかま》をつけている。旅の一座にいたころの軽業《かるわざ》の衣装だ。綱渡りをしながら手裏剣を打つのがお甲の得意技だった。左源太は常に股引に腰切半纏の職人姿で、

いつでも軽快な動きができる。

部屋に上がった。美芳が玄関の三和土《たたき》に自分とお甲の草履《ぞうり》だけを残し、あとは隠した。策の一つで、石塚俊助が妾宅に訪《おとな》いを入れたときの用意だ。もちろん、他の策もある。きのうのように石塚が町内を一巡して土手道に出たなら、お甲が囮《おとり》になり龍之助とおシカが物陰に潜み、その場で始末をつける……。

玄関の格子戸に音が立った。

「鬼頭さまはこちらと聞きましたが」

三ノ助の代貸ではない。なんと中間姿の岩太だった。左源太がすかさず玄関に出て草履を持たせ部屋に上げた。美芳とおシカの見知らぬ女に岩太は戸惑ったが、

「はい。加勢さまの遣《つか》いで参りました」

と、円座に加わり話しはじめた。走って来たか息せき切っており、美芳がお茶を出した。

夕刻近くに、石塚は幸橋御門内の上屋敷を出た。岩太が加勢に言われ、あとを尾けた。石塚は大名小路に入ってから頬隠し頭巾をつけたという。岩太は先まわりをするため脇道を神明町に走り、割烹の紅亭に走り込むと伊三次がいて、

「こちらだと聞いたもので、また走って来ました」

加勢は石塚の動静を龍之助に伝えるため、気を利かせたようだ。部屋に緊張が走った。予想どおり、石塚はこちらに向かっている。直接土手道に向かうか、妾宅で美芳を殺害してから土手道に獲物を求める算段なのか……。外は陽が落ちたようだ。これから急速に暗くなる。

「よし、岩太。帰っていいぞ」

「えっ。加勢さまから首尾を見てこいと言われております」

岩太は言った。加勢は気を利かせたよりも、それが目的だったようだ。だが、中間の岩太とはいえ、松平屋敷の者に龍之助と左源太、お甲の戦いぶりを見せるわけにはいかない。龍之助はあくまで北町奉行所の同心であり、左源太とお甲はその使い走りなのだ。無理やり岩太を帰せば、加勢は不思議に思うだろう。

仕方がない。

「ふむ。ちょうどいい。男手が必要でなあ。おめえはここで美芳にずっとついていてくれ」

「えっ、ここで？」

「お願いします」

美芳も言う。龍之助らが出たあと、妾宅で美芳は一人になる。心細い。松平家の中間で初対面の者であっても、龍之助たちのお仲間なら傍にいて欲しい。

「なあに。首尾はすべてあとで教えてやる」

「へえ」

岩太は不満そうだったが、美芳からも頼まれては否《いな》やを言えない。

美芳は安堵の表情になり、台所に立って行灯に火を入れた。

部屋に戻り、

「おもての雨戸、どうしましょう」

龍之助に伺いを立てたときだった。格子戸の開く音……。

「いるか。俺だ」

龍之助たちには初めて聞く声だ。

「石塚俊助です」

重苦しく、低い声が美芳の口から洩れた。

部屋の中が凍《こお》った。

「しーっ」

龍之助は一同に叱声を吐き、

「出ろ」

「は、はい」

龍之助にうながされ、美芳は廊下に出た。手燭は持っていない。緊張した表情を見られないためだ。足取りはしっかりしている。安心できそうだ。おシカにも、不意に飛び出す心配はなさそうだ。ふところには、三ノ助から借りた匕首《あいくち》が入っている。

聞こえる。

「どうした、手燭も持たずに。上がるぞ」

石塚の声だ。妾宅に上がってから、土手道に出る算段か、第一の策は崩れた。

（まずい）

取り押さえても、ここが騒ぎの場となる。

玄関はすでに薄暗く、人の輪郭がかろうじて見えるだけになっている。美芳は板敷きの間《ま》に、石塚は三和土に立ったままである。

「い、いえ」

「ん？　どうしたのだ。奥に気配がするなあ。誰か来ているのか」

「え、えゝ。お弟子さんが一人、つい話し込んでいまして」

龍之助の策のとおりに、美芳は話している。暗く、表情の見えないのが助かる。

息を殺している奥の部屋では、

（お甲、行け）

（はい）

龍之助が目で言ったのへ、お甲も目で返し、

「ゴホン」

咳払いで玄関の美芳へ合図を送り、提灯に火を入れ、廊下に出た。第二の策だ。

「あらら、お師匠。こんな時分にお客さまですか。じゃあわたしはこれで。あ、お武家さま、失礼いたしまする」

お甲は灯りを美芳に向けないように三和土へ下りた。お甲の草履がそこにある。石塚はお甲を見つめ、一歩引いた。花模様の筒袖に絞り袴は、いかにも三味線と縁のある芸人に見える。

美芳が板の間から、さらに言葉を舌頭に乗せた。

「また土手道を本門前三丁目までですか。気をつけてくださいねえ、あのあたりは」

「はい。提灯を持っていますし、すぐそこですから」

お甲は応え、

「はい。失礼いたしまする」

石塚の脇をすり抜けるように玄関を出た。

「土手道？　あの女、これからそこを通るのか」

「はい。そこのお座敷に出ている人ですから」

美芳と石塚のやりとりを、お甲は背に聞いた。

奥の部屋にも聞こえている。残っているのは龍之助と左源太とおシカ、それに岩太である。一同は固唾を呑んでいるが、岩太はその意味を知らない。

さらに聞こえた。

「ちょいと近くを散歩してくる。すぐ戻るゆえ、雨戸は閉めず待っておれ」

「は、はい」

引っかかった。この策も考えていてよかった。石塚俊助は獲物を求め、お甲を追ったのだ。

「行くぞ。左源太、おシカ」

「へいっ」

「はいっ」

龍之助が立ち上がり、左源太とおシカがつづいた。

「えぇぇ」

岩太は呆気にとられている。

美芳は極度の緊張から解かれたか、板の間にへなへなと座り込んだ。だがすぐに立ち上がり、

「お気をつけて、お気をつけてくださいましぃっ」

哀願するように三人を見送った。

岩太も玄関まで出て来た。

「どこへ」

「へへん。あとで教えてやらあ」

三人の背に問いかけたのへ、左源太がふり返って応えた。

龍之助は顔に緊張の色を刷《は》いている。石塚に訊かねばならないことがあるのだ。おシカに仇を討たせ、かつその場面をつくることができるか……。

石塚は灯りを持っておらず、龍之助らも無灯火である。その石塚を追い、三つの影は妾宅の前から消えた。

六

岩太が美芳の妾宅に駈け込んだ時分である。伊三次は頰隠し頭巾の武士がふたたび

出てきたことを一ノ矢に伝えていた。一ノ矢からは各貸元衆の住処に若い衆が走る。お甲が提灯を手に妾宅を出たころ、現場になるであろう三ノ助の住処にも知らせは入っていた。

「手出しはならねえぞ」

三ノ助は若い衆に命じ、飲み屋の点在する町場に配した。

暗くなったばかりというのに、土手道に人影はない。正確にいえば、提灯を持ったお甲と無灯火の石塚、その背後につく三つの影以外はである。

石塚は足を速めた。灯りとの距離は三間（およそ五米《メートル》）ばかりとなった。その背後五間（およそ九米）ほどのところに三人が息を殺し足音を消してつづいている。

お甲は提灯を手に、背後の気配に全神経を集中し、歩をゆっくりと進めている。

（二間ほどに迫ったか）

感じたとき、

「おい、女」

声をかけたのとお甲がふり返り、さらに石塚が刀に手をかけ飛び込むように走りだしたのがほとんど同時だった。お甲は予期していた。無言で提灯を突進してくる石塚に投げつけるなり脱兎《だっと》のごとく前方に走った。この瞬間のために、お甲は絞り袴をつけてきていたのだ。

提灯は火の点《つ》いたまま石塚の顔面を勢いよく打った。

「うぐっ」

左手で払いのけると同時に右手は刀を抜いた。お甲との間合いは開いている。宙を舞う提灯が石塚の動きを浮き上がらせる。

「左源太っ」

龍之助が声を発したとき、左源太はすでに腹掛の口袋から取り出した分銅縄《ふんどうなわ》に反動をつけていた。二尺（およそ六十糎《センチ》）ばかりの縄の両端に握りこぶしほどの石を結びつけている。甲州小仏《こぼとけ》峠《とうげ》の山家《やまが》にいたころ、この得物を走る鹿や猪の足に投げつけ転倒させ、よく仕留めたものである。

投げた。的《まと》の周辺は提灯の火でまだ明るい。

「ううっ」

お甲を追い、ふたたび走りだした石塚の首に巻きついた。得体の知れないものに巻きつかれ、石塚はうろたえ足の動きもつれた。お甲はすでに闇のなかである。

龍之助が飛び出した。地に落ちた提灯は紙が燃え上がり、その場はいっそう明るくなった。

飛び込み抜き打ちをかけた龍之助の刃《やいば》を、石塚は刀でとめた。二人は横ならびに肩を押しつけ鍔《つば》ぜり合いになった。石塚の刀が、龍之助の刀の切っ先が地につかんばかりに押さえ込んでいる。

「うーむむっ」

力くらべである。龍之助の望んだ態勢だ。容《かたち》は石塚に分《ぶ》がある。

「おぬし、何者！」

石塚は口火を切った。腹の底からの声だ。

「八丁堀だっ」

「なんとっ」

「おぬし、小石川の女三人殺しをなぞったつもりかっ」

「うーむむっ。見通しておったかやっ」

「やはりっ」

「うむむっ。俺ならぁ、うまくいくと思うたにっ」

果たして石塚俊助は、七年前の小石川の真相を知っていた。龍之助の聞きたかったのはそれであった。

龍之助の刀の切っ先が地をこすり、石塚の刀の押さえをかわすなり、

「たぁーっ」

一歩飛び下がり下段よりせり上げた切っ先が石塚の右腕を薙《な》いだ。深くはないが手応えはあった。

「うむむっ」

右腕に血をしたたらせ、石塚の動きは鈍くなった。

「おシカッ」

叫ぶなり龍之助は正面の至近距離から打ち込んだ。石塚は再度受けとめ、龍之助はさらに一歩踏み込み、向かい合ったかたちでふたたび鍔ぜり合いになった。二人は互いの息がかかるほどの至近距離に刀を合わせ、またもや力くらべとなった。

「きぇーっ」

石塚の背後に女の叫び声が上がった。

おシカだ。抜き身の匕首を前面に構え、無防備になった石塚の背へ飛び込むように体当たりした。

「ううううっ」

匕首の切っ先が石塚の腰に深く喰い込んだ。

「おシカ! とどめをっ」

龍之助は鍔ぜり合いのまま叫んだ。

が、おシカは匕首を引き抜けない。

龍之助は石塚を押し離し、

「これをっ」

脇差を抜いた。

おシカは柄《つか》を握った。

駈け寄っていた左源太が、

「さあっ」

「ウサギのかたきーっ」

背を押されるまま石塚に再度体当たりした。

「ううーっ」

こんどは腹に刺し込んだ脇差を、おシカはえぐるように引き抜いた。

提灯の残り火が消えた。

残影か暗闇に崩れ落ちる石塚の影が確認された。

すぐにその場は明るくなった。

近くの物陰から見ていた三ノ助とその若い衆が弓張提灯を手に手に出てきたのだ。

お甲も戻って来ている。

「わたし、美芳さんに」

若い衆から弓張提灯を借り、美芳の妾宅に走った。

「三ノ助」

「へい。分かっておりやす」

龍之助に声をかけられた三ノ助は即座に応じ、

「おう、おめえら」

若い衆に命じた。あしたの朝には、何事もなかったように死体は消え、現場は地面に血の跡もなくきれいに清掃されていることだろう。

龍之助は周囲を見まわした。きのうまで出ていた松平家の密偵らしい者の影はなかった。加勢充次郎は約束を守った。代わりに岩太を遣わしたのだろう。

その岩太がお甲から預かった弓張提灯を手に駈けてきた。

「石塚さまが女人《にょにん》を襲おうとして、逆に町衆に殺されたとか！」

お甲が話したようだ。

「そのとおりだ」

「さっそく屋敷へ」

岩太は言った。

「この時分に、御門は入れるのか」

「はい。松平の名を告げれば、どんな深夜も出入り勝手次第になっておりますので」

なるほど、深夜でも松平家の密偵が出没するはずである。

その夜、お甲は美芳の妾宅に泊まった。脅威が去っても、美芳の恐怖はまだ覚めやらないのだ。


龍之助はその夜も左源太の長屋に泊まった。

油皿の火を消し、薄っぺらの夜具をかぶってからだ。

闇のなかに、龍之助はいきなり嗤《わら》いだした。

「兄イ、どうしたい。いきなりびっくりするじゃねえか」

「あははは、左源太よ。これが嗤わずにいられるかい」

「だからなにがでえ」

二人は夜具をかぶったまま、低い声で話しだした。

「考えてもみろい。こたびのごたごたで、一番得をしたのは誰でえ」

「そりゃあ、命拾いした美芳……。いや、てめえっちの家臣の不始末に蓋《ふた》ができた、

「そうよ。それを俺は、おめえや町衆の手を借り、仕上げてやったことにならあ」

「兄イ」

「ま、それもいいか。こたびはなあ」

あとは静かになった。

翌朝、井戸端でいつものように顔を洗い、部屋に戻ってから左源太は言った。

「兄イ。岩太の野郎が加勢の父《とつ》つぁんにはきのうのこと報告したろうが、肝心の松平定信の大将は知っているのかなあ」

「おそらくよ、知られねえだろう。加勢どのは、屋敷に知られねえようにと気を配っていたからなあ。そういうことを知らねえから、定信の狐《きつね》野郎め、ふざけたご政道ができるのよ。石塚の事件も、そのご政道が生んだってことよ」

「旦那。また、ここにお泊まりのようで」

付木売りのおクマ婆さんがまた味噌汁を鍋ごと持ってきた。いい香りがする。

「ありがてえ」

ようやく龍之助は、相好《そうごう》をくずした。

三　追われ者

一

石塚俊助の始末をつけた翌日、左源太の長屋から龍之助は四日ぶりに朝から奉行所に出仕した。

「やあ、鬼頭さん。評判ですぞ」

同心溜りで同輩から声をかけられ、ドキリとした。昨夜の件も含め、この三日間で夜鷹のウサギ、若い酌婦のおイチ、その二人を手にかけた松平家家臣の石塚俊助と、三人が立てつづけに命を落としている。

いずれもおもてに出ていないはずだ。

（それが評判？）

みょうな表現だ。

同心溜りには七、八人の定町廻り同心が文机《ふづくえ》に向かっている。

もう一人の同輩が言った。

「やっかいな門前町というのに、どうしたら夜鷹たちが見えぬようにできるのだろうねえ。根絶などできるはずないのですが」

「そう、そこですよ」

と、他の者もうなずき、それらが一斉に龍之助へ視線を向けた。龍之助のほうへ膝を近づける者までいる。それぞれ隠売女《かくしばいじょ》の取り締まりには苦労しているようだ。

「つまりですねえ」

と、龍之助はそれらに応えた。

「土地の貸元衆に話をつけるのですよ」

「うーむ。土地の貸元どもとねえ」

うなずく同輩もいたが、これ以上訊《き》かれては困る。話せば、土地の与太どもと結託していると取られかねない。そこへ助け舟を出してくれた者がいた。といっても龍之助にではない。

「それにしても、町に出るといつも何者かに監視されているようで。いったいあやつらは……」

「しーっ。柳営のわれら町方に対する……。言うまい、言うまい」

一同は深刻な表情になって口を閉じ、ふたたびそれぞれの文机に向かい、龍之助もたまっていた書類の整理にかかった。定町廻り同心には、捕物だけでなく行政上の作業もいろいろあるのだ。

陽がかたむき退出の時刻になると、茂市が挟箱を担いで迎えに来た。左源太が〃きょう旦那さまは神明町ではなく、奉行所に出仕されているから〃と八丁堀の組屋敷に伝えていたのだ。

夕陽を受け龍之助のうしろに挟箱を担いでつづく茂市が、

「旦那さま。外で大きな声では言えませんじゃが、甲州屋のお人がまた菓子折りを持って、松平さまからだと。旦那さまは松平さまといったいどんな……」

「ふふふ。訊くな、訊くな」

龍之助は前を向いたまま応えた。龍之助が田沼意次の隠し種で、松平定信が懸命に探索している当人であることを知っているのは、母の実家を除いては左源太とお甲の二人だけなのだ。

八丁堀の組屋敷に帰った。

木箱の菓子折りだった。

重い。

茂市とおウメの老夫婦が嬉しそうにしている。菓子類はいつもそっくりこの老夫婦の胃ノ腑に収まる。

底には十両も入っていた。松平家の危機を救ったのにしては少ないが、町場では一人前の大工の半年分近くの稼ぎに匹敵する額だ。

「こんどばかりは大松の弥五郎をはじめ、増上寺門前の貸元衆にも相当働いてもらったからなあ」

と、七両ほどを懐紙に包んだ。あとは左源太やお甲、それにいま目の前にいる老夫婦の小遣いになる。

「旦那さまぁ」

おウメが膳の用意の手を休め、心配そうに言った。

「ご自分にもお必要でしょうに」

「あはは。俺のふところには、前にもらった役中頼みがまだ残っているからなあ」

笑って応えた。八丁堀のどの屋敷を見ても、給金以外に役中頼みのおこぼれに与《あず》かっている奉公人など、鬼頭屋敷を措《お》いて他にはないだろう。

七両の包みが神明町に渡ったのは翌日だった。

割烹・紅亭のお甲の部屋だ。

「少ないがなあ、配分はおめえに任すぜ」

「ほんに恐れ入りまする」

恐縮するように受け取ったのは大松の弥五郎だった。

龍之助は心得ている。七両の包みがそっくり弥五郎の手に渡っている。弥五郎はそこからいくらか抜き、一ノ矢に渡すだろう。一ノ矢はまたすこし抜き、

『どこから？　くだらねえことは訊くねえ。八丁堀の旦那が殺しの事件までうまく押さえてくだすったじゃねえか。それも兄弟《きょうでえ》たちの尽力があったからだぜ』

貸元衆で訊く者がいれば、一ノ矢はそう応えるだろう。一番多くもらうのは三ノ助になろうか。これを龍之助が一人一人に配っていたなら、かえって貸元衆同士のまとまりがつかなくなり、いざというとき今回のように、事がうまく運ぶことはなくなるだろう。

それら貸元衆に頼まれ、職人姿の左源太が北町奉行所の正面門に駆け込んだのは、石塚俊助の事件がかたづいてから六日ほどを経た午過《ひるす》ぎだった。

門番から知らせを受けた龍之助が、正面門の脇にある同心詰所に出向くと、

いる。

「兄イ。ここじゃちょいと」

と、気まずそうに左源太が外へ龍之助を押し出した。詰所には定町廻りの同心を訪ねて来た公事《くじ》（訴訟）や陳情の商人や職人らが十数人も順番を待っている。松平定信のあれも法度《はっと》これも法度のご政道が始まってから、こうした町人の数は確実に増えている。

「おう。じゃあ、こっちだ」

と、正面門横の門番詰所に入った。そこにいた門番を、

「すまんなあ、ほんのしばらくだ」

と、外に出し、

「なにかあったかい。まさか美芳が襲われたっていうんじゃねえだろうなあ」

「それはお甲も三ノ助親分も、いまのところは大丈夫のようだって言ってまさあ。それよりも、兄イ。ちょいと厄介なことが」

狭い門番詰所で、左源太は声を落とした。

石塚俊助を葬《ほうむ》ったからといって、美芳の身がまったく安全になったと龍之助は思っていない。まだ警戒しなければならない理由《わけ》があるのだ。だが左源太が奉行所に駆けつけたのは、別の用件のようだ。

「若い娘っ子たちが神明町にも本門前や中門前にもわんさかわんさかと」

「おめえ、気は確かかい」

「確かでさあ。あっしも四、五人と会いやしたが、お甲をひとまわり若くしたような娘っ子たちばかりで。それもいい声してやがって」

「おめえの言っていること、さっぱり分からねえぜ。最初から話してみねえ」

「へえ」

門番詰所ではお茶も出ない。左源太は生唾をごくりと飲み込み、

「娘義太夫《むすめぎだゆう》でさあ」

「なに？」

龍之助は一瞬、緊張を覚えた。

娘義太夫はその呼び名が示すとおり、十五、六歳から二十二、三歳くらいまでの、生き生きとした女盛りで、そのため以前から芸だけではなく色も売っていると取りざたされていた。

隠売女厳禁のお触れが出たとき、

「えっ。娘義太夫が聴《き》かれなくなるのかい」

と、あなたこなたの町場で聞かれたものだった。江戸の町では一町に一カ所といわ

れるほど小さな芝居小屋があり、噺家《はなしか》や浪曲師に義太夫、講談師たちが連日登壇し、なかでも娘義太夫の色っぽいのが、どこの小屋でもけっこう評判を呼んでいた。

予想されないことではなかった。

龍之助が神明町と増上寺門前町に泊まり込んでいた数日のあいだに、柳営からお達しがあったのだ。

——芸事を隠れ蓑《みの》となし、良俗を乱す女《もの》あり。厳として取り締まるべし

もちろん龍之助は出仕してから、それは同輩から聞いて知っていた。

「——そこまでやったんじゃ、際限《きり》がなくなりますなあ」

龍之助は話したが、同輩の定町廻り同心たちは、

「——そう、そうなりますかなあ」

などと気が入らぬようすで応え、積極的に話題にしようとはしなかった。龍之助はみょうに思ったが、周囲に乗ってくる者がいないのでは仕方がない。気にはしながらも、自身もふたたび話題にすることはなかった。

それを左源太が神明町や増上寺門前町に〝わんさかわんさか〟と言い、

「ともかくきょうの夕刻、弥五郎親分と増上寺門前の貸元衆がそろうから、兄イに是非来てくれ、と」

「弥五郎が言っているのかい」

「いえ。弥五郎親分と一ノ矢の親分が。門前町の貸元衆も、もう悲鳴を上げているそうで。伊三兄イ《いさあにい》も苦笑いしながら困惑しておりやしたぜ」

と、左源太は弥五郎と一ノ矢から頼まれて奉行所に走ったものの、詳しい事情まではまだ聞いていないようだった。

「はは、おめえらしいぜ。よし、分かった。早めに行くから、八丁堀にちょいと寄って、茂市にきょうは出迎え不要と伝えておいてくれ」

「がってん」

返事をするなり左源太は奉行所の門を走り出た。

「おう、じゃましたなあ」

門番に声をかけ、母屋の同心溜りに戻り、まだ四、五人残っていた同輩に、

「芸事を隠れ蓑というのは、どこまでが範囲になりましょうかなあ」

「う、うむ。人それぞれじゃないですかなあ」

向かい合わせの文机の同輩が応え、すぐまた自分の書き仕事に入った。言いたくないようだ。理由《わけ》は分かっている。

――もし隠し置きたるを外より相顕《あいあら》われ候《そうら》わば、その所の役人どもまで詮議の上、

屹度お仕置き仰せ付けらるべく候ことお達しがあってより、それぞれが仲間内に密告《さ》されないかと疑心暗鬼になっている
のだ。

それに、

「──どうも町場に出れば、俺たちにまでわけの分からぬ密偵がついているような」

と、感じ取っているとなれば、ますます同輩といえど、

（手の内は見せられぬ）

それぞれが思い、互いによそよそしくなるのも仕方のないことだった。だが龍之助は〝密偵〟の正体を知っている。松平家の大番頭加勢充次郎が差配する足軽たちなのだ。それを同心溜りで話さないのは、龍之助までよそよそしくなっているのかもしれない。かといって話せば、

（なぜ知っている。鬼頭は松平家となにか関わりでもあるのか）

などと疑いを招くことにもなりかねない。

同心溜りの文机で、受持ちの町筋から持ち込まれた公事の訴状に目を通しながら、陽が西の空にかたむくのが待ち遠しかった。〝娘義太夫がわんさかわんさか〟など、松平家の足軽や同心溜りの同輩に知られたなら、それこそ〝その所の役人どもまで詮

議〟の対象にされかねない。

座っているときの肩の凝り具合から、およその時刻は分かる。外に目をやると、陽射しはかなりかたむいていた。

「隠売女が出るなら、そろそろかなあ。私の持ち場が心配ゆえ」

書状を閉じ、腰を上げた。

「おっ、それがしの町も」

一緒に書状を閉じる同輩もいた。

街道に出ると八丁堀のほうへは横切らず、そのまま南へ急いだ。夕刻のあわただしさを迎えるには、まだすこし早い時分だ。

茶店・紅亭の幟《のぼり》が見えたころ、ようやく街道はいつものあわただしさを見せはじめていた。

二

神明町の通りに入った。往来には昼と夜の顔ぶれが代わろうとしていた。

割烹・紅亭に訪《おとな》いを入れた。いつもならお甲が嬉々として廊下をすり足で走り出てくるのだが、きょうは女将《おかみ》と左源太だった。

お甲はもう街道筋の浜松町四丁目に行ったようだ。美芳の妾宅である。旦那だった石塚俊助はもういないのだから妾宅ではなく、三味線教授処というべきか。だからといって美芳の身が安全になったわけではなく、昼間は三ノ助の若い衆が周囲を警戒し、日暮れとともにお甲が行って朝まで女用心棒になって朝方神明町に戻ってくる。筒袖に絞り袴で行くのだから、近所の住人やお弟子たちは、住み込みのお弟子さんが入ったと思っているかもしれない。

「鬼頭さま、お待ちしておりました。もう皆さん、おそろいでございます」

女将は言い、座敷に入ると上座に弥五郎が座り、両脇に三人ずつ門前町の貸元衆が着ながしに半纏の軽い身なりで居ながれ、上座と向かい合うように、三十がらみの仲仕事と思われる小粋な女が端座の姿勢をとり、その両脇に娘義太夫《の》らしい若い女が座している。

「おぉう、旦那」

と、貸元衆は龍之助を迎え胡坐居《あぐらい》から中腰になり、女三人は強張《こわば》った表情で三つ指をついた。

「おうおう。堅苦しいのはよしにしようぜ」

龍之助は弥五郎の手招きで上座のまん中に座り、その両脇を弥五郎と職人姿の左源太が陣取るかたちになった。

「いってえおめえら、どういうことなんでえ。娘っ子たちが大挙して押しかけて来たって？　そこにそれらしいのがいるようだが」

胡坐を組み、言った龍之助の伝法な口調に、

「な、言ったとおりだろう。この旦那はそういうお方なのだ」

一ノ矢が女たちに言うと、三人はようやく表情をやわらげ、

「お師《し》匠《よ》さん」

と、両脇から若い女が年増の女に思わず顔を向け、安堵の口調でつぶやいた。小粋な年増は、義太夫の師匠のようだ。

「実は、おとといあたりからでやすが……」

と、弥五郎が話しはじめた。江戸府中のあちこちの町で娘義太夫狩りが始まったという。一斉にではない。あちらの町こちらの町と、これまで夕刻に奉行所から捕方を繰り出し、夜鷹に逃げられた同心たちが捕縛の成果を挙げるため、岡っ引を使嗾《しそう》し昼間から芝居小屋へ手を入れはじめたらしい。

「ふむ」

と、龍之助には得心するものがあった。奉行所の同心溜りで同輩たちが、

(なるほど、それでそれぞれが手の内を見せようとしなかったのか)

思えてくるのだ。

お師匠さんと呼ばれた年増女が、

「糸菊《いとぎく》と申します」

と名乗り、話した。両脇の若い女は染太郎《そめたろう》に小若丸《こわかまる》と紹介された。男のような源氏名は、演目台帳に記載したときに男と偽《いつわ》るためである。もちろん客はそれを承知し、若い娘の男名に、かえって色気を感じたものである。

「広い範囲で一斉ではなかったため、わたくしたちは逃げのびることができました」

なるほどうなずける。隣の町に手が入ったと聞くなり、逃げ出したのだろう。だがあちこちと逃げまわらなければならなかった。

「そうしたなかに、増上寺さんと神明さんのご門前なら安心という者があり、軒端《のきば》なりとお借りいたしたく、逃げ込んで参ったしだいでございます」

糸菊がふかぶかと頭を下げ、染太郎と小若丸もそれにつづいた。三人の肩に、いかにも難を逃れたとの安堵のやすらぎが感じられた。

もちろん、不意の打ち込みで縄を打たれた女たちもいる。

「噂によれば……」

十数人という。

小伝馬町の牢屋敷では、新参者を古参者が虐《いじ》め抜くのが習慣になっている。それはまさしくこの世の地獄だという。女牢ではそこへ陰惨さが加わり、捕まった十数人の娘義太夫たちは、十五、六の身でそこに耐えねばならない。

江戸の町に娘義太夫は五十人とも六十人ともいわれている。旅の一座の女もおり、そのつど数は異なる。

坊主頭の弥五郎が小さな目を龍之助に向け、

「この神明町に十一人、増上寺さんのほうには二十七人、かくまっておりましてな」

逃げのびた娘義太夫たちのほとんどが集まった勘定になる。それらを弥五郎と一ノ矢たちが、それぞれの息のかかった料亭や飲み屋に入れているという。そのうち糸菊と染太郎、小若丸は紅亭に弥五郎が預かったようで、糸菊が全員の師匠ではないにしろ、女たちの束《たば》ねになっているようだ。

「よろしゅうございますかな」

一ノ矢が言った。

部屋の四隅に行灯の灯りが入った。

龍之助は一同を見まわした。

迷い込んだ女たちの配分をすかさず手配できるのも、日ごろから貸元たちの仕組を龍之助が尊重し、その機能を維持させているからであろう。

座の視線が龍之助に集中している。わけても正面の女三人の目は、すがるようであった。この女たちが小伝馬町に送られたならどうなる。三人だけではない。神明町と増上寺を合わせて三十八人だ。緊張と静寂のなかに、

「兄イ」

決断をうながすように左源太が声を出した。

「あははは」

龍之助は笑いだした。

「おめえら、どの面《つら》さげて言ってやがる。いいも悪いもあるかい。もうかくまっているんだろうが」

「ふーっ」

座から安堵の息が洩れ、一瞬張りつめた緊張の糸がゆるんだ。

「しかしなあ」

龍之助はつづけた。

「おめえら、気をつけろ。娘っ子たちを預かったからといって、お座敷で一節《ひとふし》うならせたり、三味線を弾かせたりするんじゃねえぞ。あくまでもお運びか皿洗いだ。土手道の一件で分かっているだろうが、わけの分からねえ密偵みてえのが町場をうろついていやがる。ありゃあ奉行所の者じゃねえ。別口だ。そいつらがどんな客に化け、どの座敷に上がらねえとも限らねえ」

「確かに、幾人かいやした。あいつら、お奉行所の手じゃなかったなら、いってえどこの……？」

「俺は役人だぜ。野暮なことは訊くねえ」

三ノ助の入れた問いを龍之助はそとだけはね返したが、

「ま、さるお大名家の足軽どもとだけは言っておこう。だからよ、根っからの侍じゃなく、町人にも容易に化けられるって寸法よ。ともかく気をつけ、それらしいのがいても手を出すんじゃねえ。尻尾をつかませず、そのまま静かにお引取り願うようにするのだ」

「この前《めえ》のようにですな」

「なるほど」

三ノ助が返し、他の貸元衆もうなずいた。

「あり、ありがとうございまする」

糸菊と染太郎、小若丸が額を畳にこすりつけた。救われた思いは、神明町と増上寺門前町に逃げ込んだ三十八人全員を代表している。女ばかり三十八人と数は多いが、それぞれの貸元がつぶし合いもせず疑心暗鬼にもならず、示し合わせたなら目立つことはなくなる。あちらの小料理屋に一人、こちらの飲み屋に一人と、女将やおやじたちには土地の貸元の肝煎《きもいり》ということで分散していけば、そのくらいの数ならなんとか収まる。貸元たちは、すでにそうしているのだ。

「それにしても鬼頭の旦那。いつまでつづきますので?」

やわらいだ雰囲気のなかに、ふたたび一同の視線が龍之助に注がれた。賭博禁止令に加え、貸元たちの最も気になるところだ。糸菊たちにとっては、まさしく死活問題である。

「う―む」

龍之助は唸り、一人一人の視線がますます強くなった。

龍之助は声を落とした。

「おめえら。こんなご政道が、いつまでもつづくと思うかい」

「思わねえ」

うめくような声だった。一同の者は、敢えて声のほうへ顔を向けなかった。全員の思いであり、しかも外では言えない禁句なのだ。

「だから、いつまでなんですかい」

また声が出る。一同のというより、全国のあらゆる民の知りたいところであろう。

龍之助は即座に返した。

「そんなの、松平の殿さんに訊きねえ。当人だって分かってねえと思うぜ」

座にやるせなさを含んだ嗤《わら》いが洩れ、部屋には膳が運ばれた。

そのなかに龍之助の胸中は深刻だった。娘義太夫たちをかくまったはよいが、それがばれぬようにしなければならない。

三ノ助を傍《そば》に呼んだ。

「石塚俊助の差料《さしりよう》は取ってあるかい」

「へえ。数年寝かしておいてから、いずれか遠くへ処分しようと思いやして」

「すぐ持って来い。大小どっちもだ」

「なんに使いやすので」

「野暮は訊くな」

「へえ」

三ノ助は頭をぴょこりと下げ、手を叩いて別間に控えている代貸を呼び、その場で取りに走らせた。

左源太には、

「おめえ、あしたも日の出と同時になあ、幸橋御門に走ってくれ。甲州屋には奥座敷を、それもできるだけ早い時刻にと」

「またですかい。がってんでさあ」

ふたたび忙しそうになったことへ、左源太は大よろこびだった。

座には若干の酒も入った。

糸菊が傍に来て酌をしながら言った。

「お役人さまがおいでになると大松の親分さんから聞かされたとき、背筋が凍りました。だけど、いまは地獄に仏の気持ちでございます」

「おい、弥五郎」

龍之助は隣で胡坐を組んでいる弥五郎に顔を向けた。

「おめえ、この女たちに同席させたのは、俺に〝うん〟と言わせるための策略だったのかい」

「ま、それもありやしたが」

横合いから口を入れたのは一ノ矢だった。お甲がいたなら、頬を膨らませていたかもしれない。

玄関では、三ノ助の代貸が石塚俊助の差料を持ってきたようだ。その代貸がなにやら三ノ助に耳打ちし、その場だけ緊張の糸が張られた。

三ノ助がそっと龍之助の傍に戻った。弥五郎も一ノ矢もすぐ近くにいる。糸菊を遠ざけた。不安がらせないための配慮だ。三ノ助は声を低めた。

「浜松町四丁目に、得体の知れねえ男どもが二、三人うろついているようです」

「やはりなあ。中にお甲がいるが、外の人数、増やしてくれんか」

「よございやす」

三ノ助と一ノ矢は同時に応え、すぐ代貸に手配させていた。見張りのついていることを相手に見せつけておけば、騒ぎは起こらないだろう。

三

松平屋敷は、打てば響く反応を示した。

まだ朝の内という時刻に八丁堀の組屋敷に駈け込んだ左源太は、

「へへん、きょうの午《ひる》でさあ。加勢の父《とっ》つぁんもそのつもりで、ちょうど岩太をここへ走らせようとしていたところでしたぜ」

左源太は息せき切って言った。

昨夜はかなり遅くなったが、龍之助は紅亭のぶら提灯を借り、石塚俊助の差料二振りを小脇に夜の街道を八丁堀に帰った。左源太を神明町に残したのは、昨夜の美芳の教授処のようすが気になったからだ。

左源太は言った。

「うろついていたのは三人でやしたが、町の木戸が閉まる夜四ツ（およそ午後十時）時分には浜松町を出たそうで。やつら街道を北へ、幸橋御門のほうへでさあ。神明町まで三ノ助親分の代貸さんがわざわざ知らせに来てくれやした」

「ふふ。やつら、松平の家臣はどの御門も往来勝手だからなあ」

龍之助はいまいましそうに言った。

午にはまだ余裕があったが、龍之助と左源太は茂市とおウメに見送られ、組屋敷の冠木門を出た。職人姿で大小の刀を小脇に抱えていたのでは奇異に見られるが、着ながしに黒羽織の同心姿と一緒だと、役人が押収した刀を下役に持たせているように見える。実際、そのとおりなのだが……。

甲州屋では、加勢充次郎はまだ来ておらず、奥の裏庭に面した部屋で右左次郎と話す機会を得た。

「おや、きょうはまたみょうな物をお持ちで」

面長《おもなが》で金壺《かなつぼ》眼《まなこ》の右左次郎は、いくらか緊張した表情になった。自分の大小は右横に置き、もう一組を膝の前に置いている。武士同士が対座する作法ではないばかりか、いささか挑発的にも見える。

「あはは。ちょいと加勢どのにお見せしようと思いましてな」

「はあ」

と、右左次郎はそれ以上には訊かなかったが、

(きょうはなにやら、いつもより深刻な話になりそうな)

そう思ったか、表情はやわらげたが金壺眼は緊張の色を残したままだった。さすがは献残屋のあるじで、刀だけではなく龍之助の雰囲気からもきょうのようすを読み取っていた。

廊下のほうが不意に騒がしくなった。

「ほう、そうか。急いで来たつもりだが、待たせてしもうたか」

声はもちろん加勢だ。番頭が案内してきた。

龍之助は足を胡坐から端座に組み替え、端座の右左次郎は腰を浮かせた。

明かり取りの障子を開けるなり、

「うっ。これは」

瞬時、加勢は敷居をまたぐ足をとめた。

「いやあ、加勢どの。前回はそれがしが待たせましたゆえ。さあ、どうぞ」

「ふむ。さようでありましたかなあ」

言いながら加勢は端座に腰を据え、その視線はずっと大小に向けられていた。

「では、ごゆっくりと」

右左次郎はあらためて女中にお茶の用意をさせると、早々に退散した。あとは例によって廊下にも庭にも人の気配はなくなった。大小の刀は、端座する二人の膝と膝のあいだへ、境界をつくるように置かれたかたちになっている。

加勢はまだ刀から目を離していない。

「見覚え、おありでしょう。中門前で押収しました。あの日の痕跡として残っているのは、まだ印籠などほかにもありましょうが、これが一番目立つものゆえ……。どうです。お持ち帰りになりますかな」

「うーむ」

加勢は考え込むようすになった。加勢充次郎が石塚俊助の突然消えたことを、藩邸内でどう処理したかは知らない。おそらく町場で女を襲って逆に殺されたなど、藩邸内で知っているのは加勢充次郎と、加勢を差配している江戸次席家老の犬垣伝左衛門のみであろう。当主の松平定信にも報告はいっていないだろう。定信が知れば、処断の累《るい》はどこまで及ぶか知れたものではない。そうなれば、事件に蓋《ふた》をしておくことなどできなくなる。それを防ぐためにも、足軽大番頭の加勢充次郎と江戸次席家老の犬垣伝左衛門は、殿にも事件を伏せた……。二人にとっては、それも藩を思う家臣としての忠義なのだ。

加勢は目の前に置かれた大小が、石塚俊助の差料であることに気づいている。

「どうですかな。屋敷へは」

「い、いや。かようなものを屋敷に持ち帰っては、いかなる噂を惹起《じゃっき》するか分かりもうさぬ。これが町場の与太どもの手に残るなど、そこまで考えなかったのは迂闊でござった。そなたが押収してくれたのはさいわい。痕跡の残らぬよう処理していただきたい」

「心得ました」

龍之助は手を叩き、右左次郎を部屋に呼んだ。

「この大小、痕跡の残らぬよう処理していただきたい」

「えっ」

右左次郎は驚いた表情になり、

「もったいのうございますが」

「いや、この世にあってはならぬものゆえ」

言ったのは加勢だった。

「分かりました。さようにいたしまする」

右左次郎は大小を手に、部屋を下がった。刀身だけを残し、鞘《さや》と柄《つか》をあつらえなおすのか、それは分からない。刀身を残すのなら刀磨《と》ぎに出し、新たなものにしてしまうだろう。そこは龍之助も加勢も、甲州屋右左次郎を信頼している。

ふたたび二人になった座に、

「さきほど印籠と申されたが、まだあの者の痕跡を示すものは残っておりますのか」

「あはは。羽織・袴、頭巾に着物、帯はむろんのこと、町場では下帯まで古着屋にならびますからなあ」

「すべて消し去ることはできぬか」

加勢は強い口調になった。

「そこですよ、加勢さん。さあ」

龍之助は急にくだけた口調になり、端座を胡坐に組み替え加勢にもそれを手で勧めて言った。

「さっきの大小、押収するのに苦労しましてなあ。あの町場の者に、さんざん言われました。なにやら密偵のような者が町をうろついて困る。あれは奉行所の者かとね。そのように私が疑われては、あの者どもとじっくり話すことはできず、残った手証《てしょう》の品も、完璧には処分できませぬ」

「それは」

「あはは。分かっていますよ。私も言われて町場に出向き、密偵らしい者を数人目にしました。それがなんと見たことのある顔で、お家の足軽衆でしたなあ」

「むむっ」

加勢はまた考え込む風情になった。

龍之助はさらに浴びせた。

「もし町場を徘徊している密偵らしき者どもが、松平家の者だと町場の者が知れば、いかなる噂を呼ぶか知れたものではありませんぞ。石塚どのの死体まで浮かび上がってくるやも……。あの町の者どもは、けっこうしたたかでございますからなあ」

「うーむ」

加勢はまたも唸り、

「分かりもうした。あの町から探索の者は引き揚げさせましょう。死者の遺留品はすべて……」

「お任せありたい」

「ふむ」

加勢はうなずき、ようやく端座の足を胡坐に組み替えた。

龍之助の話はまだ終わっていない。

「それに、昨夜ですかな。石塚俊助どのに囲われていた女、美芳の周辺にも不審な影が三つほど徘徊しておったそうな」

「ううっ」

加勢は足を胡坐に組んだばかりというのに、緊張の面持ちになった。

龍之助の言葉はつづいた。

「石塚どのが浜松町四丁目の妾宅に通っておったのは、近所の住人に知られているはずです。その石塚どのが急に来なくなった。しかも妾宅に女が死体になっていたとなれば、どのようなことになりましょうかなあ。そこへ近くの町の古着屋や古道具屋から石塚どのの品が出てくれば、それこそ複雑怪奇。かわら版屋が大よろこびで飛びついて来ましょう」

松平屋敷にとっては、石塚俊助は抹殺したものの、その相方だった美芳がまだ生きていたのでは、向後《こうご》なにを話すか知れたものではない。石塚が松平家の家臣であったことは、当然美芳は知っているはずなのだ。

(あの女も抹殺しなければ)

加勢の忠義の心が動いたとしても不思議はない。

「加勢さん」

「うっ」

親しく呼ばれ、かえって加勢は戸惑いの色を見せた。

「美芳なる女の口から、松平の名が出ることはありますまい。町場の者の損得勘定は武家の及ばぬところ。おのれの過去の旦那の名を吹聴するなど、女にとっては愚の骨頂。美芳は女なればこそ、そこは慥《しか》と勘定し、向後に生きる算段をしましょう」

「美芳なる女、松平家の名は出さぬと申されるか」

「出してなんの得がありますか。それよりも……」

「それよりも?」

加勢は引き込まれるように、上体を前にかたむけた。

「美芳が以前と変わらず、あの家宅で三味線の師匠をつづけている。町の住人は、そこになにも興味を持たなくなるでしょう。何事もなかったこととして、すべてを過去に押しやる……。これこそ美芳にとって最良の方法ですよ」

「まことに、そうなろうか」

「あはは、加勢さん。町場のことは町方にお任せあれ。いまあの町の衆はこれまでの事件で、非常に気が立っております。お屋敷から出張った足軽衆と衝突し、松平さまのお名が出たりすれば、それこそこれまでの苦労は水の泡となりますぞ」

龍之助は加勢の目を射るように見つめた。

(この同心、わが屋敷から町場に密偵を放っていることも、妾宅の周辺を窺《うかが》わせたことも、すべて見抜いている)

加勢はすでに感じ取っている。

(任せる以外にない)

上体をもとに戻し、うなずきを見せた。

「相分かりもうした」

「ありがたい。分かっていただければ、向後とも町衆と話を進めやすくなりまする」

龍之助は相好をくずした。

だが、

「鬼頭どの」

と、加勢の表情はいっそう真剣みを帯びた。

「きょうそれがしが貴殿に会わねばと思うたは、石塚の儀のみにあらず」

「ほう。ご政道のことでござろうか」

龍之助はいくらか皮肉を込めたが、すぐに、

「あ、分かりもうした。かねてよりの件で、なにかそちらでつかまれましたか」

左源太がけさ、八丁堀の組屋敷に駈け込むなり、加勢が〝岩太をここへ走らせようとしていた〟と言ったときから、

(隠し子の件)

と、気づいていた。龍之助にとっては、自分の身にかかわることである。

(松平屋敷は、なにか手証をつかんだのか)

中門前と美芳の話を進めながらも、ずっと気になっていたのだ。

「まだ慥《しか》とは分からぬが、高貴の血筋を名乗る者が現われた由《よし》。町場のことゆえ、それを貴殿に確かめてもらいたいのじゃ」

以前にも〝高貴の血筋〟を自称する修験者が現われ、龍之助がそれを暴《あば》いて加勢が落胆したことがあった。

市井《しせい》で〝高貴の血筋〟を名乗る者があれば、加勢充次郎にとっては即〝田沼意次の隠し子〟かもしれぬと疑い、探索せずにはいられない対象となる。その話を町場で聞き込んできたのは、いま市中に放っている足軽たちだったが、そのまま探索を命じることはできない。隠し子捜《さが》しを藩邸内で知っているのは、命じた定信と、命じられた江戸次席家老の犬垣伝左衛門と加勢充次郎の三人だけなのだ。

「そなた。さきほど〝町場のことは町方に〟と申されたが、この件、よしなに願いたい」

さっきの言葉を逆手に取られたようだ。

「いかにも」

龍之助は苦笑し、

「詳しく賜《たまわ》りましょう」

「さればでござる」

今度は龍之助が上体を前にかたむけると加勢もそれに応じ、膝をせり出した。境界をつくっていた刀はもうない。

「板橋宿《いたばしじゆく》にみょうな祈禱師というか、占い師が出没しましてなあ。やんごとなき血筋を名乗り、霊界と俗界の中継ぎをするとか。きのう、配下の者が聞き込み、実物を見たというのじゃ」

板橋宿は中山道《なかせんどう》の最初の宿場である。

聞きながら、

（そんなところにまで密偵を放っているのか）

思えてくる。

その一方で、霊界と俗界の中継ぎとは、

（おもしろい）

世俗的な興味をそそられる。

四十がらみの男を中心に、年寄りの世話人と下僕らしい若い男の三人組で、男は神《かん》主《ぬし》の衣装で世話人と下僕は水干《すいかん》に半袴《はんばかま》をつけた古風な風采だという。

寺社の門前や町角などで一間（およそ一・八米）四方ほどの幔幕《まんまく》を張り、その中で神主姿が依頼人を待ち、来れば幕が降ろされ、呪文が聞こえてくる。小半刻（およそ三十分）もせぬうちに幕はふたたび上げられ、なんと依頼人は年寄りであっても若い女であっても、端座のまま身を震わせ、やがて収まって神主姿の前にひれ伏す。そこで神主が没我の状態になり、先祖のお言葉を告げるといった趣向らしい。

　以前にあったのは〝天の声〟を告げる修験者で、龍之助がそれを腹話術と見破り、頭巾を脱がせたのだった。その修験者も謳《うた》い文句を〝高貴の出〟と吹聴していたが、聞けばなんと奥州白河の産で松平家ゆかりの者だった。これは定信のご政道の一つである〝人返し〟を適用し、江戸追放にして一件落着したのだった。

　それが今度は〝やんごとなき血筋〟を名乗り、歳が四十がらみとなれば龍之助の年齢に近く、〝田沼意次の隠し子〟と推測し得る範囲の年行《としゆ》きだ。普段なら単なる催眠術師として放っておくところ、加勢はその者が〝やんごとなき血筋〟を名乗っているのが気になったようだ。

　三人は京より中山道を経て、

「近く江戸に入るつもりで、奇跡を起こす……と吹聴しているらしい」

「どうせなにかの仕掛けがあるのでしょう。そやつらが江戸に入れば、〝人心を惑わす所業〟として引っ捕え、番屋で締め上げて素性を吐かせましょうか」

「いや。それはまずい」

　思ったとおりの反応だった。松平家は、極秘に〝田沼意次の隠し子〟を探索しているのだ。町奉行所の手に渡ってはならない。

「だから、鬼頭さん。そなたに……」

依頼しているのだ。

「分かりました。なれど加勢さん」

龍之助はまたいくらか皮肉を込めた口調になった。

「昨今、われら町方の者にまで密偵がついて、仕事ぶりを見張られているようすでしてなあ。だからそれがしが他の町へ探索の手を入れたりすれば、奉行所の同輩から疑われ、白い目で見られます」

皮肉というより、事実である。

「うーむむ」

加勢はまた唸った。皮肉が通じたようだ。

「なれど、鬼頭さんならできましょう。大門の大通りには常時大道芸の者が出ているし、神明宮の境内に幔幕を張ってもおかしくはありますまい」

「ふむ。あのときもそうでしたなあ」

龍之助が返したのへ、

「さよう。あのときのように、鬼頭さんのふところに引き込み、そこで真贋《しんがん》を……」

加勢は〝高貴の出〟の腹話術師の件を言っている。二年前だった。龍之助は巧みに腹話術の修験者を神明宮の境内で〝天の声〟を披露するように仕向け、そこで頭巾を取らせたのだった。その者の名は、松平貞周《さだちか》といい、奥州街道から江戸へ入ったから奥州街道に帰らせた。その後の消息は知らない。

それに加勢がいまここで言っている〝真贋〟とは、腹話術や催眠術で人心を惑わしているかどうかではない。その者の言う〝やんごとなき血筋〟が、田沼意次の血筋かどうかである。

「やってみましょう」

龍之助は応じた。板橋宿の話を聞いただけで、それが催眠術に巫子《いたこ》の口寄せを合わせたようなものとすでに見抜いている。ただ、京より中山道を経て板橋宿に入ったのであれば、奥州白河の松平の血筋ではないだろう。もし、いずれかの公家につながる者であったなら、暴くにも、

「慎重に願いますぞ」

「むろん。心得ておりますよ」

加勢もおなじような懸念を持っているようだった。

龍之助は手を打ち、右左次郎を呼んだ。

昼の膳の味噌汁の香がただよってきた。

四

帰り、廊下でまた右左次郎が龍之助の耳元にささやいた。

「また役中頼みを……きょう中に、お屋敷のほうへお届けしておきます」

「そうですか」

龍之助はうなずいた。先日の十両は石塚俊助の処理の〝役中頼み〟だった。町衆まで動かしてのだ。

（少ない）

龍之助が思ったのではない。加勢充次郎も江戸次席家老の犬垣伝左衛門も思った。そこへ〝田沼意次の隠し子〟の探索が加わった。

「菓子折りは前とおなじものを用意しますが、目方は二倍になりますよ」

右左次郎はつづけて言った。松平屋敷の鬼頭龍之助への期待があらわれている。

その期待を背負い、龍之助と左源太は甲州屋の暖簾を出ると神明町に向かった。岩太が左源太に語ったところによれば、つい最近馬廻役の藩士が一人、江戸勤番から国おもて勤務になり、周囲への挨拶もなく藩邸からいなくなったものだから、

「屋敷内じゃなにか不始末があって、急遽国おもてに帰されたと噂しているらしいですぜ」

「ほう」

歩きながら左源太が言ったのへ、龍之助は得心したようにうなずいた。あるじが老中首座に就いている松平家では、藩士が町場で何者かに殺害されるなど、思いもよらぬことのようだ。そうした松平家家臣たちの驕《おご》りが、石塚俊助の処理にはかえって好都合に作用しているようだ。

割烹・紅亭では、

「旦那ア」

と、お甲が玄関に出迎えるなり、

「粋なはからい。嬉しいですよう」

息のかかるほど耳元に口を寄せ、礼をささやくように述べた。糸菊を含め三十八人もの娘義太夫を町衆がかくまうのを容認したことに対してである。

糸菊と染太郎、小若丸の三人は、すでにきょうから割烹の紅亭で仲居として働いている。その三人が奥からすり足で走り出てきた。左源太などは、

「へっへっへ。これが俺の兄イだぜ」

などと三人に向かい、鼻の下を伸ばしている。

「痛《いて》っ」

お甲が左源太の足を思い切り踏んだ。

「ともかくだ、そのことも含めちょいと話がある。大松の弥五郎と伊三次を呼んでくれ。お甲、女将に言って座敷を一つ用意してくれんか」

「はいな」

返事をしたのはお甲だが、さっそく染太郎が龍之助の手足になったごとく下駄をつっかけ走り出た。

弥五郎と伊三次はすぐに来た。というよりも、染太郎が戻って来るのと一緒に来たのだ。龍之助は言った。

「弥五郎。きのうとおなじ顔ぶれをここへ集めてくれ」

一ノ矢たち増上寺の貸元衆だ。

「伊三次。若いのを三、四人手配しろ」

「へいっ」

弥五郎に言われ、伊三次は紅亭の玄関を飛び出た。

甲州屋から帰るときに左源太がそのまま走れば、いまごろすでに増上寺の六人衆がそろっているだろうに、わざわざ手間取る方法を取るのは、それが町の裏社会の仕組であり、そのほうが結果的に事がうまく運ぶからだ。左源太が直接各貸元衆に触れてまわったなら、

(鬼頭の旦那、わしらを差配しようとしているのでは)

あらぬ疑いを持たせることになってしまう。

座敷の用意がととのい、待つほどもなく一ノ矢に三ノ助ら増上寺の六人衆がそろった。糸菊に染太郎、小若丸もきのうとおなじ場所に座を取った。異なるところといえば、まだ昼間で、きのうはいなかったお甲がいることだ。龍之助のすぐ横に端座している。糸菊たちも、鬼頭龍之助がふところに十手を呑んでいても、自分たちを取り締まるのではなく、逆に守ってくれる町方であることを、驚きとともに覚《さと》っている。

龍之助は一同を見まわし、

「おめえらに集まってもらったのはほかでもねえ。まあ、朗報と思ってくれ」

「ほう」

うなずいたのは弥五郎だった。つづいて増上寺門前の貸元衆もうなずきを見せた。弥五郎がまだ龍之助の話の内容を知らず、きょうの集まりは弥五郎の差配ではなく、大松一家は単に龍之助の御用聞きをしたに過ぎないことを覚り、得心したのだ。大松

一家がいかに龍之助と深いつき合いがあり、昵懇《じっこん》であっても、増上寺門前町の貸元衆が、大松一家の風下に立つことがあってはならない。門前町とはそうした微妙な関係に、治安も相互の意思疎通も成り立っているのだ。

龍之助は話した。

「向後、行商や職人に化けた密偵は、増上寺門前にも神明町にも入れないことで、一応の話はついた」

「おぉぉ」

貸元衆はどよめき、糸菊たちも互いに顔を見合わせた。

「だがおめえら、調子に乗って羽目を外すんじゃねえぞ。言っておくが、あの得体の知れねえ物見《ものみ》は奉行所の手の者じゃねえ。つまりだ、俺の知らねえところに差配する者がいて、蠢《うごめ》いているってことだ。前にも言ったが、もしそれらしいのを見つけたなら、手を出すんじゃねえ。俺に知らせるのだ。それにお甲と三ノ助」

龍之助が順にお甲と三ノ助に視線を向け、

「浜松町四丁目の三味線教授処だが、そこを窺《うかが》っていた連中も、手を引いてもらうことになった」

「ほう」

三ノ助は身を乗り出した。

「だがな、おめえからの物見《ものみ》は、もうしばらくつづけてくれ。それにお甲も、まだ美芳についていてやれ」

「え、えゝ。そりゃあいいですけど」

「おっと、いつまでなどと訊くんじゃねえ。俺にも分からねえ」

龍之助のいまひとつ歯切れの悪い言いように、〝得体の知れない物見〟が、町奉行所の差し金でなければ、

（お城の目付か、それとも松平……）

貸元衆は感じ取っている。

龍之助の話はさらにつづいた。

「お甲と糸菊」

「えっ」

不意に名指しされ糸菊は戸惑ったようだ。

「きょう、これからすぐだ。板橋宿へ旅芸人の形《なり》をして出向け」

「えぇえ？」

突拍子もないことに驚いたのはお甲と糸菊だけではなかった。

「男巫子《おとこいたこ》に大門の大通りか神明宮の境内で幔幕を張らせる。よっておめえら、見ケ《みか》〆料《じめりょう》がどうのとつまらねえ騒ぎを起こすんじゃねえ」

「いますのかい、男巫子なんての。いってえ、どなたさまのご先祖を口寄せしなさるので？」

「訊くな。これは御用の筋だと思え」

　龍之助は一同に視線を這《は》わせ、お甲と糸菊に板橋宿まで出向く理由《わけ》を話した。左源太とお甲は、それが〝やんごとなき血筋〟の関わりと覚ったが、一同の前で問いを入れたりはしない。

「いってえ、なんなんですかい。その三人組の男巫子ってのは」

「分からねえからおめえらの縄張《しま》で泳がせ、じっくり観察するのよ。やつらと諍《いさか》いを起こすときにゃ俺が起こす。おめえら、手を出すな」

　貸元衆の一人が当然の問いを入れたのへ、龍之助は応えた。龍之助とて対手《あいて》の正体を知らないのだから、話がどのように展開するか分からない。龍之助が説明したのは、その三人組がいま板橋宿にいて、それをお甲と糸菊が神明宮か増上寺門前にうまく誘導するといったことだけだった。

　まだ陽は高く、これから出かければ夕刻には板橋宿に入れようが、三人に話しかけ親切そうに勧誘し帰ってくるのは、早くてあしたの夕刻か、遅くともあさっての昼間にはなるだろう。その間、夜は一応の用心のため、美芳は当人が望めば紅亭のお甲の部屋に泊まらせることにした。

その日、八丁堀の組屋敷に帰ると茂市とおウメが、立てつづけに甲州屋の番頭が松平家からの役中頼みを持ってきたことに驚いていた。開けると、右左次郎が目方で話したとおり、先日の二倍の二十両が入っていた。

「お甲と糸菊に、もっと路銀を渡してやりゃあよかったなあ」

小判に音を立てながら、龍之助はつぶやいた。

五

翌日、龍之助は朝から奉行所に出仕したが、

(お甲と糸菊、うまく話を進めているか)

気は板橋にあった。

もちろん同心溜りで書状に目をとおしながら、同輩と言葉も交わす。

「岡場所につぎつぎと踏み込み、女中にまで縄を打ち自身番に引いて行ったそうな」

「ご禁制の絹でもないのに、着ている着物が派手だとの理由で町娘を番屋に引いた岡っ引がいるそうな」

現場に出てこの場にはおらず、つぎつぎと成績を上げている同輩や岡っ引が槍玉に上げられている。

「娘義太夫さ、ほんの数人が小伝馬町送りになっただけで、あとはどこかに消えてしまったとか。いったいどこへ行ってしまったのかなあ」

などとささやかれるなかに、気になる噂があった。

「街角で商っていた占いの爺さんを、人心を惑わすなどとこじつけ、大番屋に引いて小伝馬町に送った者がいるそうな。非道《ひど》い話だぜ」

神明町の占い信兵衛ではなさそうだ。信兵衛はきのうも神明町の通りで、茶店・紅亭の軒下に台を出していた。こうしたご時勢なればこそ、ニセ老人の信兵衛にもけっこう客がついていたようだった。場所が神明町であれば、龍之助がその気にさえならなければ縄を打たれる心配はない。

(娘義太夫どころか、江戸中の易者まで神明町の通りや大門の大通りに集まって来そうだわい)

龍之助は真剣に思ったものである。

そろそろ退出する、夕刻に近い時分となった。

平野与力とまた廊下で立ち話をする機会を得た。といってもほんのすれ違った程度だが、隅のほうで声を低め、

「頑張っておるようじゃのう」

「はぁ？」

目を細める平野与力に一瞬虚を衝かれた思いになった。龍之助は掏摸《すり》や泥棒など、従来の悪党以外、松平定信の布令した〝咎人《とがにん》〟はまだ一人も捕縛していないのだ。言っているのは、龍之助とおなじ無頼の以前を持つ平野準一郎だ。すぐ意味を解した。

「まあ、なんとか」

「それでよい。なんとかしてやるのだ。人を捕《とら》まえるだけが仕事ではないからなあ」

「はあ」

龍之助は平野与力のうしろ姿に軽く会釈をした。心の中では、ふかぶかと頭を下げている。

夕刻になり、茂市ではなく左源太が奉行所まで挟箱を担いで迎えに来た。

「ほう、お甲らが戻って来たか。で、首尾は」

奉行所を出て八丁堀へ向かう道すがら話した。作法どおり、左源太は職人姿だが挟

箱を担いでおり、下僕として龍之助のななめうしろに随っている。

「それが、まだ帰《けえ》って来ねえので」

「なんだって」

「だから染太郎も小若丸も心配しやして。どこかで役人に捕まったのではねえかと」

「お甲がついているからその心配はない。すでに板橋に三人組はもういなかったか。ちょいとつなぎを立てるには遠すぎるからなあ。迂闊だった。よし、おめえ今夜は八丁堀に泊まっていけ。お甲のことだ。深夜につなぎをとるなら、神明町よりも八丁堀に来るだろう。後詰《ごづめ》を出すかどうかはそれからだ」

「へえ。それに、伊三兄イからも言付《ことづ》けが」

「うむ。今夜は充分に話す時間はある。つづきは組屋敷に帰《けえ》ってからにしよう」

二人の足はもう街道を越え、八丁堀に入っていた。間もなく夕陽が沈みそうだ。

話は組屋敷の夕の膳に再開された。まだ行灯に火を入れるほどでもない。

「伊三兄イがお隣の門前をまわりやして、どの町にも胡乱《うろん》なやつはもう見かけねえ、と向こうの貸元衆も言っているそうで」

「ほう。加勢どのは、約束はちゃんと守ったようだなあ。で、美芳のほうは」

「昨夜は紅亭に泊まりやして。今夜もお甲が戻って来なければ、紅亭に来るとか。伊三兄イが三ノ助親分から聞いたところによれば、きのう昼間も夜も三味線の教授処を窺っているようなのはいなかったそうで。きょうもそうでさあ。それなのに美芳姐さん、すっかり怯《おび》えているようで」

「ま、無理もなかろう。あの件では三人も人が死んでいるんだからなあ」

「へえ。一人はあっしらが」

「それはもう言うな」

「へい」

奥の部屋で夕膳を摂っていたおウメが、行灯に火を入れ持ってきた。茂市も外の冠木門を閉め、廊下の雨戸も閉めにかかった。

龍之助がその雨戸の向こうに気配を感じたのは、宵の五ツ（午後八時）時分、左源太が行灯の火を吹き消そうとしたときだった。

その左源太も、外の気配に気づいたようだ。

「兄イ。どうする」

「消せ」

「へい」

左源太は火を吹き消し、二人は廊下に出て雨戸のすき間から外をのぞいた。動くものがあれば分かるほどの月明かりがある。

動いている。

龍之助と左源太は緊張したが、

「ふーっ」

すぐに安堵の息をついた。影は冠木門を乗り越えたのだろう。いま内側から潜り戸の小桟《こざる》を外そうとしている。音を抑えようと気を遣っているようすもない。龍之助と左源太の知る範囲で、冠木門を易々《やすやす》と乗り越えられる者……元軽業師のお甲しかいない。ということは、門の外に待っているのは……糸菊であろう。

門が開いた。同時に、縁側の雨戸も開いた。

「お甲」

「あ、龍之助さまア。いま戻りました。あれ、兄《あに》さんも？」

「俺がいたからって、頓狂な声を上げることねえだろう」

「あはは。お甲、おめえを待っていたのだ。さあ、入れ。外にいるのは糸菊だろう」

門を乗り越え忍び込んだのに、急になごやかな雰囲気になったことに糸菊は安堵の息をつき、庭に入ってきた。二人とも筒袖に絞り袴の姿だ。

奥にも聞こえたか、寝入ったばかりの茂市とおウメが起きてきた。眠そうな目をこ

すりながら、

「おやおや、うちの旦那さまはいったい」

「こんな時分に若い女が二人も」

老夫婦は言いながら、竈《かまど》の灰の中に残っていた炭火を火種に、お茶の用意にかかった。

居間では、

「この時刻に来るとは、火急の知らせだろう。さあ、きのうからのことを、順を追って話せ」

「あい」

お甲は話しはじめた。

二人が板橋宿に入ったとき、すでに日は暮れていた。旅籠で噂を訊けば、

「確かに〝やんごとなき血筋〟を吹聴する三人組の男巫子はいました」

旅籠の女中は、きょうも町の角に幔幕を張っているのを見たという。宿《やど》を找《さが》せば今夜中にも見つけられようが、二人の役務は大道芸人を装い、口寄せをしている男たちにさりげなく近づき、江戸市中の取り締まりの厳しいことを話し、増上寺か神明宮の門前町へいざなうところにある。

あしたにしようと、その日の夜二人は旅籠でゆっくり休み、翌朝、つまりきょう、日が昇り宿場の喧騒《けんそう》が終えたころに絞り袴の大道芸人姿で町場にふらりと出た。ところが、どこの角にもいずれの寺社の門前にも見当たらない。出てくるのは午近《ひるちか》くかと宿に戻って時を過ごし、午前《ひるまえ》にふたたび出たが見当たらず、町の噂を拾ってみると、三人はすでに板橋宿を出たという。

「――このまま中山道をお江戸のほうへ」

茶店の茶汲み女が言う。

二人は急いで旅籠に戻り、身支度をととのえ三人を追った。

板橋宿から江戸までは巣鴨村《すがもむら》を経て白山権現《はくさんごんげん》を過ぎれば本郷《ほんごう》に入り、そこからはもうお江戸の町並みとなり、日本橋までは二里八丁（およそ五粁《キロ》）の道のりである。巣鴨村と白山権現までは消息をつかめた。ただ、神主姿と水干に半袴の従者らしい三人組を見かけたというだけで、時間も一刻（およそ二時間）ほど前になる。お甲は焦った。本郷の町並みに入れば找すのは困難で、二人では人数が足りない。

「――わたしが神明町に走り、娘たちを助っ人に呼んできましょうか」

糸菊は言ったが、すでに陽は西の空にかたむいている。染太郎や小若丸ら幾人か呼んできても、すでに夜となっていよう。ともかくきょうは二人で找すことにした。

本郷の町並みに入り、

「──わたしたちの仲間なんです。はぐれてしまい」

と、沿道に訊いてまわった。

陽は沈んだ。

あたりはしだいに夕暮れの気配を帯びてくる。

反応があった。腰掛茶屋だった。

「──えっ、おまえさんたち。出ていってくれ、さあ」

と、店のおやじに座ったばかりの縁台から追い立てられた。理由《わけ》を訊こうにも取りつく島もない。追い立てようから、店仕舞《みせじま》いの時分だからでないことは明らかだ。

首をひねりながら店の前を離れた。

暗くなりかけたなかに、二人が美形の女で芸人の風体でもあるためか、

「──おまえさんがた、気をつけなされ」

と、親切に声をかけてくる男がいた。前掛にたすき掛けで、近所の住人のようだ。すぐ近くの絵草子屋のあるじだった。店ではなく脇の路地にいざなわれ、声を殺し、

「──おまえさんらの言う三人とは、神主さんとその従者二人かね」

逆に訊くのでそうだと応えると、

「――逃げなされ」

あるじは言った。理由を訊くと、教えてくれた。

本郷には街道に面して加賀藩百万石前田家の上屋敷が、豪壮な長屋門を構え白壁も長い。三人はこともあろうにその白壁を背に幔幕を張り、客を集めたという。

口寄せが始まった。その最中に辻番の番人がばらばらと出てきて、有無を言わせず三人を引き立てた。

お甲は詳しく訊いた。

「――見ていて、もうはらはらしたよ。すると、案の定だったさ」

絵草子屋のあるじは言う。

なにが〝はらはら〟なのか、糸菊が訊いた。

あるじは暗くなりかけた周囲を見まわし、

「――おまえさんたちも捕まらぬうちに、早くここから立ち退きなされ」

声を忍ばせ、

「――さあ」

催促し、逃げるように路地を出て店に戻ってしまい、暖簾を仕舞いはじめた。

「それこそ取りつく島もなく、わたしたちもその場を離れ、これは一大事とここへ駈けつけた次第なのです」

お甲の話すのに、糸菊は一つずつうなずきを入れていた。

「ふむ」

龍之助もうなずいた。絵草子屋も松平定信のご政道が始まって以来、やれ絵柄が欲情的だの内容に品がないなどと町方から狙われ、同心たちには格好の成績を上げる対象となっていたのだ。本郷のその絵草子屋も、龍之助の同輩からかなりいたぶられ、神主姿と従者の三人組に同情していたのであろう。その悔しさが〝仲間〟の女二人に親切心となってあらわれた……。

ということは神主姿たちに、町方から標的にされる何かがあったことになる。口寄せだけで〝人心を惑わせる〟というのでは、こじつけが過ぎる。

「お甲、糸菊。三人を引いて行ったのは、辻番小屋の者たちだな」

「はい」

「よし」

お甲と糸菊が同時に返事をしたのへ、龍之助は大きくうなずいた。

町場はそれぞれ町ごとに自身番を設置し、奉行所の管掌となっているが、武家地では辻番を出している。旗本屋敷が集まる土地では数家が合力して寄合《よりあい》辻番を設け、人も各屋敷から中間が順番に出ているが、広大な大名屋敷では一家で周囲に数カ所の辻番小屋を置き、番人も六尺棒だけではなく帯刀した足軽が出ており、不逞な者への対応も荒っぽく一方的である。

「あしたにせず、よく暗いなかを走ってきてくれた。二人とも今宵はここに泊まっていけ。左源太、行くぞ。すぐ身支度をしろ」

奥に向かっては、

「おウメ、出かけるぞ。女二人に夜食の用意をしてやれ」

外出の用意にかかった。

「いってえ、どこへ」

言いながら左源太は股引をはき腹掛をつけた。

茂市が弓張の御用提灯に火を入れ、左源太に持たせた。

「泊まりにはならん。今宵のうちに帰ってくる」

お甲に糸菊、茂市とおウメに見送られ、龍之助と左源太は冠木門を出た。

走った。

「兄イ。ひょっとしたら松平屋敷に？」

「おう、左源太。勘がいいぞ」

「へえ」

御用提灯が闇のなかに揺れる。走っているのは正真正銘の同心と岡っ引である。恐れても怪しむ者などいない。

六

八丁堀からなら、松平屋敷は山下御門が近い。幸橋御門と同様、夜でも〝松平〟の名を出せば往来勝手になることはすでに知っている。しかも十手の御用だ。門番が一緒に松平屋敷まで走って先導してくれるかもしれない。

通った。思ったとおりだった。

「先導いたしましょう」

弓張提灯を手に六尺棒の門番が一人、先導してくれた。これも老中首座の威光であろう。

松平屋敷では門番が奥へ、町方が足軽大番頭を訪ねて来たと知らせるなり、加勢充次郎はすぐに出てきて長屋門横の門番詰所に場をとった。急いで袴をつけたか、紐の結びが乱れ、髷《まげ》にも鬢《びん》のほつれが目立つ。中間部屋では岩太が叩き起こされ、髷の乱れもそのままに出てきた。

左源太と岩太は外に出され、部屋の中は甲州屋の奥座敷と同様、龍之助と加勢の二人となった。外に出された左源太と岩太は、

「ここじゃ膳にもありつけねえなあ」

などと言いながらも、不用意に門番などが近づかないように見張り役となった。

もともと加勢のほうから依頼した案件である。龍之助の説明に、加勢は打てば響くように応じた。

加勢は男巫子《いたこ》の言う〝やんごとなき血筋〟と〝田沼意次の隠し子〟とを結びつけている。その素性が、町方などに捕えられ明るみに出たのではよろしくない。だが、理由は分からないが捕えたのは加賀藩の辻番である。都合がよい。大名家は大目付の差配なのだ。いわば松平定信の配下が差配していることになる。

「鬼頭どの。夜にもかかわらず、よくぞ知らせてくれた。痛み入りますぞ」

加勢は龍之助に礼を言い、若干の打ち合わせをすませると、屋敷の正面門まで出て鄭重に二人を見送り、

「岩太、ついてまいれ。急ぐぞ」

岩太をともない屋敷の母屋に急いだ。

「岩太が言っておりやしたぜ。近ごろ、日暮れてから屋敷に帰ってくる藩士が多くなったって」

「そやつら、きっと町々に出張《でば》っている密偵どもだろう。気色悪いやつらだ」

町方の取り締まりぶりを、老中の手の者が監視しているのだ。

「まったく、いやらしいほど念の入ったことでござんすねえ」

「まったくだ」

行くのに急いだ分、帰りはゆっくりと歩を進めている。町々はまだ木戸の閉まるすこし前だが、人っ子ひとり出歩いている者はいない。これもご政道の影響であろう。そのような町はかえって不気味だ。

八丁堀に着いたのは、木戸の閉まる夜四ツ（およそ午後十時）をかなり過ぎた時分になっていた。

出かけるとき、龍之助が〝今宵のうちに帰ってくる〟と言ったものだから、潜り戸の小桟を外していたのはむろん、中に入るとお甲と糸菊が灯りを消さず、絞り袴をつけたまま起きて待っていた。年寄りの茂市とおウメは、

「――わたしたちが起きていますから」

と、お甲が無理やり寝かせたようだ。

居間で、

「あとで岩太が来る。おまえたちにはあしたも朝早くから動いてもらわねばならんから、さきに寝ていろ」

龍之助は言ったが、お甲も糸菊も肯《き》かない。それよりも、お甲はどこへ何しに出かけたのかとしきりに訊く。それもそうだろう。自分たちの報告で龍之助が左源太をともない、いずれかへ出かけたのだから。それに糸菊などは、自分を入れ三十八人もの娘義太夫をかくまってくれた恩義があり、その裏にはこのような苦労があるのかと感謝と恐縮のしっぱなしである。

「実は松平屋敷へなあ……」

龍之助は話した。

お甲と糸菊はますます寝られなくなった。板橋宿で自分たちが男巫子の三人組を見過ごしたことが、いまの仕儀につながっているのだ。

「なあに、卑下《ひげ》することはないぞ。おかげで俺は、松平屋敷にますます信頼されるようになったのだからなあ」

その意味をお甲は解したが、糸菊はなにも質問しなかった。質問するなど差し出がましいと思ったのだろう。ただ、

（このお方、ただの役人ではない。松平屋敷となにかつながりのある人）

と、畏敬の念を感じたことであろう。実際、畏敬にはほど遠いが、松平家とは幾重にもつながりがあるのだ。

岩太はなかなか来ない。

待っているなかに、

「へへへ」

と、左源太はいつになく楽しそうだ。それもそのはずで、座に女はお甲だけでなく、色っぽい糸菊がいるのだ。このままいつまでも時が過ぎて欲しいと思っているのかもしれない。

だが、そうはいかない。

冠木門に気配が立ったのは、真夜九ツ（午前零時）をすこしまわった時分だった。お甲と糸菊が男巫子を神明宮の界隈にいざなう方途は、加勢には話していない。あまり手の内を〝敵〟に見せるのはよくない。たとえ中間の岩太であっても、松平家の奉公人である。

廊下には龍之助と左源太が出て、お甲と糸菊は奥に姿を隠した。

縁側の雨戸を開けた。

松平家の星梅鉢《ほしうめばち》の家紋が入った弓張提灯が一張、影は二つだ。岩太に足軽が一人ついていた。

「おう、岩太どん。お連れさんがいるのかい」

「あっ、そちらでしたか」

玄関の雨戸を叩こうとしていた岩太が、縁側のある庭のほうへまわった。雨戸に人の顔が出せるほどのすき間を開け、龍之助と左源太が顔をのぞかせている。

「首尾は」

「はい。前田屋敷の正面門のななめ前に駒屋《こまや》という旅籠があり、男巫子たちはそこへ入りました」

「ははは。入れたのだろう」

「へえ、まあ。そういうことでして。それではこれにて」

加勢から、用件だけ告げるとすぐ戻って来い、余分なことは話すなと言われているのだろう。それだけ話すときびすを返し、足軽もそれにつづいた。提灯を持っている中間に、足軽が従っているように見える。左源太が庭下駄をつっかけ冠木門まで出て、

「おう、岩太どん。またな」

見送った。

潜り戸の小桟を降ろし、左源太は縁側に戻った。

辻番人に引かれた男巫子たちは、詮議されるわけでもなく、辻番小屋に拘禁されていた。前田家は、あしたにでも町奉行所に引渡し、当家はご政道に合力しているとの姿勢を示すつもりだったのだろう。

そこへ深夜というのに、老中首座の松平家から火急の使者が来た。百万石の大大名家といえど、緊張したはずだ。いまを時めく松平定信からの深夜の急使だ。だが、用件はいたって簡易なものだった。

——本日夕刻、貴家の辻番が捕えた三名、わけあって公儀が泳がせているもの。早急に釈放し、町場の旅籠に放逐されたい

おそらくそのような口上であったろう。ちなみに急使に立ったのは、足軽組頭《くみがしら》の倉石俊造《くらいししゅんぞう》だった。配下の組頭のなかで加勢の最も信頼を置く忠義の士で、龍之助や左源太ともすでに面識がある。

男巫子たち三人は、不意に武家の辻番人に襲われて身柄を番小屋に拘禁され、夜中になってから解き放され、しかも武士が近くの旅籠を叩き起こし、泊まれるように手配してくれたことに面喰っていることだろう。

龍之助は松平屋敷で、

「――旅籠の名と場所は知らせてくだされ。あとはわが方でうまく按配いたすゆえ」

「――心得た」

と、加勢とそこまで談合していたのだ。

深夜の組屋敷で縁側の雨戸を閉めてから、

「おそらく本郷に走ったのは、倉石だろうなあ」

「そうでやしょう。そこに岩太もつき合わされ、なんとも申しわけねえ」

龍之助と左源太は話していた。

お甲と糸菊が奥から、

「あたしたち、まるで影の存在みたいですねえ」

「お甲さん、そんなこと」

言いながら居間に出てきた。

「いいや。あしたはおもての存在だ。朝早く、もう一度本郷に行ってくれ。聞こえただろう。男巫子たちは、加賀藩邸のななめ向かいの駒屋という旅籠に泊まっている。あとは打ち合わせどおりに。さあ、きょうの役務はこれで終わりだ。早く寝よう」

この時刻、八丁堀界隈で灯りのあるのは、鬼頭屋敷だけのようだ。やがてその灯りも消えた。

龍之助の第一の目的は、自分の手で〝やんごとなき血筋〟を名乗る者が〝田沼意次の隠し子〟でないと証明することだ。間違って忠義の倉石俊造にその者が殺害されたのでは、龍之助にとってこれほど寝覚めの悪いことはない。相手にとっても、気の毒と言うほかはない。

面体は確認していないが、糸菊の三味線教授処を窺っていたのも、倉石俊造とその手下《てか》の足軽であろう。命じたのはもちろん、加勢充次郎だが……。

それにこたびは、絵草子屋のあるじが話すのさえはばかった、辻番人たちに捕らえられた理由はなにか……。男巫子たちへの興味もある。

（あしたが楽しみだわい）

夜具をかぶり、灯りの消えたなかに思いをめぐらせていると、早くも隣の蒲団《ふとん》から威勢のいい鼾《いびき》が聞こえてきた。龍之助には慣れたものだが、隣の部屋で寝ているお甲と糸菊など、

「もお」

と、迷惑がっていることだろう。

四　江戸逃がし

一

日の出から半刻《はんとき》（およそ一時間）は経ていようか。

お甲と糸菊の姿は本郷にあった。

中山道である。南に向かう旅姿は、昨夜暗くなってから板橋宿に入り、けさの日の出を待ちかね、ようやく江戸に入ったのだろう。北へ向かうのは、けさ江戸を発った旅人たちで、板橋宿は素通りすることだろう。

大八車も荷馬もすでに出ている。

それらに混じり筒袖に絞り袴の姿が、加賀藩前田家の上屋敷の白壁に映える。

街道から、その二人の姿が消えた。旅籠の駒屋が見える路地に入ったのだ。さっき、すでに暖簾を出している商舗《みせ》の数軒に声をかけ、駒屋から神主姿の男巫子《おとこいたこ》たちが出ていないのを確かめた。お甲たちと同様、目立つ衣装のうえに昨夜の捕物騒ぎである。見れば沿道の者は誰でも気がつくだろう。

職人姿の左源太が、お甲と糸菊の潜む路地の前を、

「へへへへ」

にやけた面《つら》を二人に見せ、通り過ぎた。

引き返し、

「へへへ」

また通り過ぎようとした。

お甲がいきなり飛び出て左源太の半纏《はんてん》の袖《そで》をつかみ、路地に引き込んだ。

「痛《いて》っ」

思いっきり足を踏んだ。

「なんでえ！　お甲」

「なんでじゃないでしょ、兄《あに》さん！」

お甲は左源太を睨みつけ、

「さりげなくわたしたちの首尾を見とどけ、龍之助さまに知らせるのが役務でしょ。

それなのに兄さんたら」

女の絞り袴は人出の多い往還でも目立つ。だからお甲と糸菊は身を路地に潜めたのだ。職人姿なら他にも似たのが歩いており、目立たない。そこで駒屋とお甲たちの潜む路地の前を、行きつ戻りつしながら男巫子たちが宿《やど》から出てくるのを待つ……それが三人の申し合わせだったのだ。

「わ、分かったよ。つぎからそうすりゃいいんだろう」

「お願いします。左源太さん」

ふてくされる左源太に、お甲のうしろから糸菊が遠慮気味に声をかけた。

「へへへ、そうしやすぜ。糸菊さん」

またも目尻を下げ、路地を出てそこから離れた。


一方、龍之助は神明町に向かい、街道に面した茶店の紅亭に入っていた。

茶店・紅亭はおもてにも縁台を出し、中に入れば板敷きの入れ込みになっており、隅の土間を奥に入ると数人の仲間同士や家族連れがくつろげる畳の部屋がならんでいる。だが料亭と違って襖《ふすま》などなく、隣との仕切りも土間からの出入りも板戸で、馬子や駕籠《かご》舁き人足でもすこし割り増し料金を払えば気軽に上がれそうな造作だ。櫺子窓《れんじまど》の外が神明町の通りで、軒端《のきば》に占い信兵衛が台を出し〝占いましょう、家運、商運、人の運〟と、通りを行く者に声をかけている。

その板戸の一番奥の部屋に、龍之助は陣取った。いつも詰所にする部屋だ。来た。左源太ではない。

八丁堀から神明町へ向かう途中、龍之助は山下御門を入り松平屋敷に寄っていた。加勢充次郎に会い、昨夜の措置への礼を述べ、

「――きょうは一日、茶店の紅亭に詰め、男巫子どもの按配をいたすゆえ、確認されたくばお越し願いたい。なお、単独で神明町や増上寺の門前町に足を入れるのは危険ゆえ、お気をつけられたい」

申し入れたのだ。甲州屋での談合で、加勢は龍之助の言う一帯から物見《ものみ》を引き揚げることを約束している。加勢はあらためて、それを承知した。こうして龍之助は男巫子が〝田沼意次の隠し子〟ではない証《あかし》を確たるものにするため、探索の過程から松平屋敷の者も立ち合うように話を持っていったのだ。

その立ち合いの者が来たのだった。

「こちらに北町奉行所の鬼頭さんが……」

板戸の向こうから訪《おとな》いの声が聞こえる。武士言葉ではないが、聞き覚えがある。足

軽組頭《くみがしら》の倉石俊造《くらいししゅんぞう》だ。茶汲み女の案内する声も聞こえた。

茶店・紅亭の茶汲み女は、いずれも町内か近くの町のおかみさんが日銭《ひぜに》稼ぎに時間切りや日切りの交替で来ているのだから、いたって色気はない。大松の弥五郎が、娘義太夫がわんさか舞い込んで来たとき、茶店・紅亭にも一人か二人入れようとしたが、街道に面しているので目立ちすぎ、

「――いかん」

と、龍之助がとめた。いま聞こえたのは、浜松町一丁目から来ているおかみさんのようだ。

板戸が開いた。

「やあ。待っておったぞ」

「へえ。けさ親方から言われたばかりでやして」

倉石俊造が職人言葉で部屋に入ってきた。左源太とおなじ職人姿を扮《こしら》え、〝親方〟とは大番頭《おおばんがしら》の加勢充次郎のことだ。さすがに足軽組頭で職人言葉にもそつがない。戦闘集団である馬廻役の武士ならこうはいかないだろう。

すぐに茶が入った。茶店・紅亭で出している食べ物は、串団子か煎餅《せんべい》くらいだが、煎餅といってもけっこう奥が深い。醬油味でこんがり焦げめの入ったのが好きな人も

おれば、生焼けを好む客もいる。塩味もある。

龍之助は醤油味のこんがり焼けたのが好物で、老爺《おやじ》も茶汲み女たちもそれを心得ているから、龍之助が来れば黙っていてもこんがり焼きを出している。いつだったか茶汲み女がついうっかりして、表面がなかば炭になったのを出したことがあった。それでも龍之助は炭を爪でそぎ落としパリパリと旨そうに食べていた。いま出された煎餅は、ほどよい焼き加減だった。

板戸が閉められ、二人は胡坐居《あぐらい》で向かい合った。龍之助が茶店・紅亭を詰所にしたとき、隣の部屋はいつも空き部屋にする。立ち聞きされないための用心だ。

「お一人か」

「いかにも」

二人になれば、つい武士言葉になってしまう。

龍之助は言った。

「それは重畳《ちょうじょう》。そなたも聞いておいでだろうが、この界隈でたとえそのいで立ちであろうが、町場の脇道や路地などに踏み入るのは危《あぶ》のうござってなあ。大門の大通りとここの神明町の通りなら問題はござるまい。男巫子どもが来れば、それがしがうまく按配するゆえ、きょうは一日中それがしと一緒にいてくだされ」

「かたじけない。それがしも大番頭から、きょう一日、鬼頭どのに従うよう下知《げじ》されておるゆえ」

「さあ、話が終われば、あとは気楽に待ちましょうや」

龍之助はくだけた言葉に戻り、焦げめの入った煎餅をバリバリと嚙みはじめた。

「ほう。煎餅ですか」

と、倉石もつづき、

「で、男巫子どもをこの界隈に誘い込むのはいかように」

「あはは。それはまず結果をご覧《ろう》じよ」

バリッ。焦げめの煎餅をまた嚙んだ。

二

お甲たちの潜む路地の前を、左源太がゆっくりと幾度か往復し、また駒屋の前にさしかかったときだった。

暖簾から人が出てきた。水干と半袴に揉烏帽子《もみえぼし》をかぶった若い男だ。まるで平安絵巻に見る牛車《ぎっしゃ》の従者のようだから、一目で堅気《かたぎ》でないことが分かる。

「ほっ」

左源太は男と鉢合わせにならないように荷馬の陰に歩を移し、さりげなく路地に視線を投げ、もうにやけたりはせず通り過ぎた。

さりげなくふり返った。

半袴は一人増え、さらに神主姿の者も暖簾を出ていた。

三人は南のほうへ歩みはじめる。半袴の二人は、折りたたんだ幔幕や四隅に立てる棒を小脇に抱え、背にも風呂敷包みを負い、神主姿も若干の風呂敷包み背負い、ゆっくりと江戸市中に向かいはじめた。

路地からお甲と糸菊が出てきた。糸菊も娘義太夫たちからお師匠《しょ》さんなどと称《よ》ばれるだけあって、日陰の苦労人で旅芸人の一時期もあり、女壺振りとしてその道では知られているお甲に畏敬の念を持っている。もちろん龍之助への信頼感もある。

中山道は本郷を過ぎればあとは両脇とも町場の繁華な通りとなり、湯島《ゆしま》を経て神田《かんだ》須《す》田町《だちょう》、室町《むろまち》とつづき日本橋につながっている。

三人は江戸が初めてなのか、周囲を見まわしながら歩を進めている。きのうのことがあったから、かなり警戒気味のようでもある。

「おっとっと。ちゃんと前を見て歩きなせえっ」

向かいから来た大八車とぶつかりそうになった。

その三間（およそ五米）ほどうしろに、お甲と糸菊が尾《っ》き、さらにまた三間ほどあとに左源太がつづいている。人通りが多くても、それほど離れてはいないので角を曲がらない限り、左源太からも神主姿たちがよく見える。それになによりもお甲たちが目立ち、さらに神主姿たちも他と衣装が異なっている。それぞれが目印を背負って歩いているようなものだ。

三人の足は町場に入っているが、

（けっ。まだ加賀屋敷を過ぎただけだぜ。きょろきょろのろのろしやがって。お甲たち、早うせんかい）

と、左源太はイライラしている。

お甲たちは、

「あの足取り、江戸に行くあてがあるようには見えないわね」

「そのようです。それにきのうのことがあるから、どこで店開きしていいかも迷っているのでしょう」

余裕を持って歩を合わせている。

さらに話した。

「誘うのにますますつごうがいいじゃないの」

「そうですねえ。初めてのお江戸であのようなことになり、きっと怯《おび》えているでしょうから」

「決まり。行きましょう」

「はい」

二人の足は急に早くなった。といっても、ほんの二、三間先までだが……。すぐ近くに腰掛茶屋の暖簾が見える。それを見て、お甲と糸菊は歩を速めたのだ。

（おっ、動きやがった）

左源太は歩をとめ、前方を窺《うかが》うように物陰へ身を隠した。

「あら、おまえさまがた。きのう加賀さまの屋敷の前で、難に遭われたお人らでは」

「えっ。おまはんらは!?」

いきなり声をかけたお甲に三人はびくりと反応したが、筒袖に絞り袴の衣装に同類のにおいを感じたか、年配の半袴が一歩前に出た。

「ご覧のとおり、あたしたちもおまえさまがたのように、いまのご政道に締めつけられていますのさ」

「きのうのお武家の番人たち、加賀さまでよかった。あれがもし町奉行所の手の者だったら、このご時世におまえさまがた何を口寄せしたか知りませんが、いまごろ番屋に引かれ、牢送りになっていたでしょうねえ」

お甲の言葉に糸菊がつないだ。息が合っている。八丁堀の組屋敷で、また板橋宿の旅籠《はたご》で、枕をならべ語り明かした賜物《たまもの》だろう。

「わてら、いや、わたしら、お江戸の事情はよう分かりませぬ。あんさんら、お江戸は長《なご》うおま、いや、長いのですか」

お甲と糸菊へ、交互に視線を向けながら訊《き》いたのは神主姿だった。

人や荷馬のながれが多いとはいえ、神主姿や女の絞り袴などが五人も立ち話をしていたのでは目立つ。

「長いも短いも、ずっと江戸ですよ。だからおまえさまがたのように、すぐ締めつけられるようなヘマはしません。おそらく加賀さまじゃ、おまえさまがたを藩にとっては無害と判断し、早々にお解き放ちにしたのでしょう。ですがさっきも言ったとおり、お奉行所の手の者なら……」

「ところが、そうでない土地《ところ》もありますのさ。広いお江戸にはねえ」

「詳しゅうお聞かせ願えましょうや」

またお甲の言葉に糸菊がつないだのへ、神主姿が一歩進み出た。

「よござんすとも。おまえさまがた、江戸は慣れておいでじゃなさそうだし。放ってはおけませせぬゆえ」

「あ、ちょうどよかった。そこに茶店が」

ますますお甲と糸菊の意気は合っている。

その茶店も往還に縁台を出している。

(ほう、うまくたらし込んだようだな)

左源太はうなずき、物陰から出てゆっくりと街道に歩を踏み、お甲たちの座った縁台に近づいた。

「それはどこでございましょうや。昨夜はほんに胆を冷やしましたでございます」

神主姿が身を乗り出し訊いている。もちろん声を低めているが、往来にはみ出した縁台では、誰もそこで極秘の話が交わされているなど想像もしない。

「わたくしも、その土地に助けられたのでございます」

糸菊が言えば低い声でも心が籠もり、真に迫ったものを感じさせる。

左源太がゆっくりと縁台の前にさしかかった。

お甲がさりげなく鬢《びん》のほつれを手で撫でた。左源太も歩を進めながら髷《まげ》を撫で、通り過ぎた。

その足は速まった。すぐに縁台からは見えなくなった。枝道に入り、神明町への近道をとったのだ。

——うまく進んでいる

——分かった

お甲と左源太はその合図を交わしたのだ。神主姿たちが話に乗ってこなければ、お甲はなんの合図も送らず、左源太はさらにようすを見ることになっていただろう。縁台の話はつづき、お甲か糸菊の口から神明宮や増上寺の名もすぐに出ることになるはずだ。いまからなら、荷を持った半袴や女の足でも、午《ひる》ごろには神明町に着けるだろう。

左源太は一人で足は速い。

東からの太陽に、地面に落とす影はまだ長い。

「あ、左源太さん。旦那、奥に来ておいでですよ。お客さんも一緒に」

「お客？」

茶汲み女と左源太の声が、板戸の部屋にも聞こえた。

「兄イ」

外から板戸を開ける音に威勢のいい声が重なった。

「えぇっ、なんでえ。あんただったのですかい。俺とおんなじ格好しなすって」

倉石俊造の姿を見て左源太は言った。龍之助が松平屋敷に寄ることは左源太も知っていたが、つなぎ役に来るのは岩太だと思っていたのだ。

「なんでえとはご大層な挨拶だなあ。きょうはこの身形《みなり》のつもりだぜ、左源太よ」

「なにぃ。おんなじ身形だからって、他人《ひと》の名を気安く呼ぶねえ」

松平屋敷の足軽組頭など、左源太の意識の中では〝敵〟なのだ。だが、龍之助と一緒だ。悪態をつきながら部屋に上がり、

「兄イ」

鼎座《ていざ》に胡坐《あぐら》を組むと、龍之助へ伺うように視線を向けた。目は、話していいかどうかを訊いている。

「かまわん。向こうの首尾はどうだった」

「へえ。男巫子たち三人、まもなくこちらへ」

「ほう。さすがは鬼頭どののおやりなさることですなあ」

応えたのは倉石だった。

「いいんですかい」

「ははは。このほうが手っ取り早いだろう」

左源太が念を押したのへ、龍之助は返した。男巫子を神明町へ呼び込むのは、その素性が〝田沼意次の隠し子〟とは無縁のものであることを確認し、それを松平屋敷に知らしめるところにある。そこは左源太も知っている。だから龍之助は〝手間がはぶける〟と言ったのだが、神主姿たち三人は加賀屋敷に一時拘束されている。原因は聞いていないが、およそ察しはつく。

そこを左源太が突いたことに龍之助は気づいたか、

「きょうの倉石どのは三人の素性を見極めたいだけだ。ご政道とは一切関係ない。なあ、そうだよなあ」

「も、もちろん」

伝法な口調で念を押され、倉石は応じた。

板戸の向こうに声が立ち、左源太にもお茶と煎餅が運ばれた。

「失礼します」

お甲と糸菊は、男巫子ら三人を本郷から芝の神明町に案内している。江戸は初めてという男巫子らのため、街道に沿って神田須田町から日本橋に向かい、そこから東海道に沿って京橋、新橋を経る道順をとっている。

　幔幕や棹竹などの荷は本郷で、

「ちょいと人じゃないんだけどねえ」

　と、駕籠屋に頼んだ。本郷の駕籠屋は、

「あ、糸菊姐さんでは」

　と、糸菊の顔を知っていた。義太夫を幾度か聴いたことがあるとか。それにお甲が運び先に大松弥五郎と土地の貸元の名をあげたものだから、駕籠屋は緊張した。荷は間違いなく届けられるだろう。

　あとは江戸見物の風情だ。

　男巫子らが大事な荷まで任せてしまうほどお甲らを信用したのは、筒袖に絞り袴の衣装もさりながら、

「わたくしの同業が、幾人も牢につながれ……」

　涙ながらに糸菊が語り、

「許せません」

　お甲がきりりと言ったところに依《よ》る。二人が語るそこに嘘はない。自分たちも昨夜そうなりかけた。二人への親近感はいっそう強まり、神主姿は四十がらみで橘《たちばな》宗《そう》

秋《しゅう》と名乗り、年配の半袴は惣兵衛《そうべえ》、若いほうは惣助《そうすけ》といった。親子のようだ。

道すがら、あるいは日本橋の茶店で、宗秋らはみずから出自《しゅつじ》やきのうの原因を語ろうとしたが、

「壁に耳ありです。それは神明町に着いてから話しなされ」

お甲は言い、宗秋らはますます二人に信頼を寄せた。

だがお甲が、神明町で護ってくれるのは奉行所のさる役人だと話すと、

「えっ」

と、宗秋は口に運びかけた湯飲みを落としそうになり、惣兵衛らも緊張の表情になった。そこへすかさず糸菊が、

「あたしも聞いたときには、娘義太夫たちともども死ぬほど驚き……」

と、その後の神明町と増上寺門前町のようすを話し、ようやく気を取りなおした。

神明町の茶店・紅亭では、

「遅いなあ。あっしがちょいと引き返し、見てきやしょうか」

「まあ、待て。お甲にもなにか算段があってのことだろう」

駕籠屋が幔幕や竹棹など荷物を茶店・紅亭に届けてからかなりの時間がたち、昼時

分もすでに過ぎている。

「なにか、思惑とは異なる事態が出来《しゅったい》したのでは。なんなら俺が」

と、倉石俊造までが言う。きのうのことがある。途中で奉行所の役人に押さえられたか、それとも松平屋敷が市中に繰り出している足軽衆に咎《とが》められたか……。

「なあに。そんなことがあれば、すぐここへ知らせが入るはずだ。そうだろう、倉さん」

「う、うむ。まあ、そうだが」

三人の前では倉石は瓦《かわら》職人の〝倉さん〟になり、松平家家臣であることは伏せるとさきほど決めた。その名で呼ばれ、さらに松平家も奉行所同様に連絡網を築いていることを指摘され、倉石はいくらか戸惑った返事をした。

「倉さん。あんた職人ですぜ。奉行所の旦那に〝そうだが〟はねえでやしょ。そういうときは〝そうでやすが〟と言うもんだぜ」

「なにぃ」

皮肉を込めた左源太に倉石が反発しようとしたとき、

「あっ、お甲さん。お荷物とどいておりますよ。旦那方がずーっとお待ちですよ」

板戸の向こうから聞こえた。

「おう。こっちだ、こっちだ」

左源太が板戸を開け、土間の廊下に顔を出した。

龍之助と倉石俊造、左源太、それにお甲と糸菊に橘宗秋らの三人と、総勢八人になる。茶店・紅亭の部屋では手狭だが仕方がない。石段下の割烹・紅亭に一部屋取れないこともないが、男巫子といえば、怪しげな部類に入る。それをお甲らが町で拾い、連れてきた。そのような者どもを、江戸町奉行所の同心が料亭で迎えるなど奇異であり、かえって相手に警戒感を与えかねない。

それに、龍之助にとって茶店・紅亭が出城《でじろ》なら割烹・紅亭は本丸である。しかもその本丸には染太郎や小若丸など、難を逃れた娘義太夫たちがいる。そのようなところへ、〝敵〟の倉石俊造を上げるわけにはいかない。

部屋に同心がいるのを見ても、橘宗秋らは驚愕することなく、お甲や糸菊の言っていたのは、

(この人か)

といった思いで見つめた。そこへ、

「おう、おめえらか。たまたま岡っ引を連れて定廻りをやっていると、本郷からお甲の名でみょうな荷がここへとどき、人まで拾ったっていうじゃねえか。なんだろうと

待っていたのだ。なるほど、奇妙な衣装だ。まあ、上がれ」

屈託ない大きな声が飛んできたので、いっそうの安心感を覚えた。

お甲は部屋にいる倉石俊造にすぐ目をとめたが、職人姿で左源太とならんで座り、
龍之助も〝岡っ引〟と言ったので、

(そういうことですか)

と、合わせた。

糸菊は倉石を知らない。言ったとおり、左源太の同類と受け取ったことであろう。

倉石もむろん糸菊を知らない。だが、鬼頭龍之助のまわりには得体の知れないのがいっぱいいるとの認識はある。年行《としゅ》きから見てもお甲とおなじくらいで、

(そのなかの一人)

くらいにしか思わなかっただろう。

一方、宗秋らは簡素で狭くお茶と煎餅か串団子しか出ない茶店の部屋に、

(この女人《にょにん》二人にお役人といい、江戸にもお味方が……)

いっそう安堵を覚えたようだ。

「橘宗秋さんといいなすったねえ。おまえさんがた、中山道から江戸に入りなすったかい。きのう本郷で加賀屋敷の辻番と一悶着あったそうだが、いったい何をやりなす

ったね」

「それそれ。わたし見ていましたよ。それに道すがら聞きましてね。このお方たち、死者の口寄せで占いをなさるって」

龍之助が訊いたのへお甲が応えた。

「ほう、占いか。だったらそこの信兵衛とおなじだ」

「いえ。占いではなく……」

宗秋は不満ありげに言いかけたが、龍之助は無視し櫺子窓《れんじまど》から外をのぞき、

「おう、信兵衛。おめえの同業に引き合わせよう。入って来い」

「えっ。わしの同業じゃと？」

櫺子窓の外から年寄りじみた声が返ってきた。

「いえ、お役人さま。わてら、いえ、わたしら占いでは……」

また言いかけたのは半袴で年配の惣兵衛だった。

だが龍之助はそれにもおかまいなく外の軒端に占いの台を出している信兵衛を呼びつけた。これには倉石俊造はもとより、左源太もお甲も糸菊も、龍之助の真意を測りかねた。

板戸が開き、信兵衛が入ってきた。手には筮竹《ぜいちく》を持ち、白髪頭に角頭巾をかぶり、

白髭《しろひげ》までたくわえ、いかにも年季の入った占い師に見える。

「えぇえ、こんなに多く?」

部屋の人数に信兵衛は驚いたようだが、神主姿の宗秋を見て、

「あぁ、そちらのお方かね。同業にしては、ちと構えが異なるようじゃが」

もったいぶった口調で言いながら座をとり、部屋はますます狭苦しくなった。龍之助と倉石、左源太の三人だけが胡坐居で宗秋らはみな端座の姿勢で、それでようやく皆が座れるといった状態だ。

三

龍之助の策は当たった。

橘宗秋は語りはじめた。

本名は橘屋宗次郎といって、京の絹専門の仕立屋《したてや》だという。惣兵衛と惣助は親子でその奉公人だったようだ。なるほど三人とも上方《かみがた》なまりだ。

このご時勢である。京都所司代は幕府の下知を受け、東西両町奉行所が競ってご政道の成果を挙げようと奔走しているらしい。当然、絹の着物は格好の餌食となる。だ

が京の土地柄、その影響は大きく、取り締まっても一向に埒《らち》が明かず、市中で捕縛しようものなら公家にまで累が及ぶ。そこで奉行所が目をつけたのが仕立屋であり、橘屋宗次郎はまっさきに捕えられ、京地所払《ところばら》いとなったらしい。

「まったく理不尽でございます」

この場の者を味方と思えば、橘屋宗次郎は臆することなくご政道を非難した。

「そう、そのとおりです」

糸菊などは涙声で応じた。小伝馬町の牢屋敷に繋がれている弟子たちのことを思ったのであろう。お甲も左源太も、さらに占い信兵衛もしきりにうなずきを入れ、倉石俊造までがここだけの顔か、同調の色を見せている。

橘屋宗次郎はさらに言った。

「このままでは腹の虫が収まりまへん。京地所払いが解けるまで、せめて江戸へ出てご政道の非を突いたろ思いまして」

興奮してきたのか、上方なまりが濃くなっている。

(まずい)

職人姿を扮《こしら》えていても、松平家家臣を前に龍之助は思ったが、部屋は橘屋宗次郎を止められる雰囲気ではなくなっている。

宗次郎はつづけた。

「そりゃあ正面切って批判のでけへんことは分かってます。わてはお公家はんや神主はんのお召しものも仕立てさせてもろうておりました。そこで思いましたんや」

神職に扮して、

「そやけど神の声やなんて言《ゆ》うたら畏《おそ》れ多いさかい、さいわいわては親しい修験者がおりまして、趣味として呪文などを聞きかじっていました。それを使《つこ》うて巫子《いたこ》の口寄せをまね、その人のご先祖の声ということにして……」

「男巫子《こしら》を扮えたというわけか」

龍之助の入れた問いに、

「さようでおます」

応えたのは半袴の惣兵衛だった。

「わてら親子も旦那はんに随《したが》い、この形《なり》をしておりますのや」

傍で息子の惣助がしきりにうなずいている。

(京地の職人、なんと骨のあることよ)

龍之助は感心し、

「そうか。そんならそなた、橘屋宗次郎ではなく、そのまま橘宗秋を名乗りとおせ。

そのほうが俺たちも話しやすい。なあ、そうだろう、倉よ」

「そ、そりゃあ」

倉石俊造もこの場の雰囲気に呑まれたか、肯是《こうぜ》のうなずきを返した。

「おおきに、お役人はん。そんならそないさしてもらいます」

橘屋宗次郎こと神主姿の橘宗秋は返した。

「それなら、加賀さまの番人に引き立てられたのは、ご政道に関わることをなにか言ったのか」

問いを入れたのは、職人姿の倉石だった。昨夜、加賀屋敷へ急使に立ったのは倉石だ。知りたいところである。

「そやから、ご先祖の声として」

語る橘宗秋に、お甲と糸菊が身を乗り出した。

「先代の口寄せを願《ねご》うたお人が、商いがうまく行かぬと言うから……」

――望みは失うな。いまの世は、長くはつづかぬ
そう告げたというのだ。中山道を江戸へ下る道々にも、〝やんごとなき血筋〟を名乗り〝先祖の声〟を悩める人々に伝えていたという。

「どなたはんにも、心のご満足をいただいておりました」

それが江戸に一歩入っておなじことを舌頭に乗せると、

「たちまちお武家の六尺棒に取り囲まれ……」

なるほど松平定信のご政道には、武家も町人も敏感になっている。そこへ〝長くはつづかぬ〟などと言えば、誰の耳にも定信の失脚を望む、痛烈なご政道批判と聞こえる。実際、そうなのだ。

「えっ。ほんとうにそんなことをお江戸に入ってからも……。それはまずい」

占い信兵衛が嘴《くち》を入れた。

周囲の視線が宗秋から信兵衛に移った。

「もちろん、占いとは人に夢を与えるものじゃが、せめて〝いましばらくの辛抱〟とか〝明るい明日を信じよ〟と言えないのか」

信兵衛は白髪まじりの角頭巾にふさわしい言を吐いた。

(こやつ、なかなかのことを)

龍之助は思い、倉石にちらと目を向けた。信兵衛を見る倉石の目が気になった。

宗秋は反駁《はんばく》するように言った。

「そやかて、それだけやったら今のご政道への……」

「おっと宗秋さん。きょうは江戸へ入ったばかりで、供の惣兵衛らも疲れていよう」

龍之助は宗秋の口を制し、

「左源太」

「へい」

「弥五郎に言って、この者たちの今宵の宿を決めてやれ。いいか、この町内にだぞ」

「おっ、それならお安いご用で。あっしの長屋でもよろしいですぜ。なあ」

左源太は信兵衛に視線を向けた。自分と信兵衛の部屋に泊めようというのだ。信兵衛は戸惑ったようだ。

「いかん。弥五郎に頼め。あしたからのこの者らの商いの按配もしてやるのだ」

龍之助は命令口調になった。

橘宗秋にとって信兵衛は、江戸で最初に会った占い師であり、相応の敬意を払っている。とくに信兵衛がいま言ったことは、まさしく正解である。それなのに、宗秋ら三人が左源太と信兵衛の部屋に分散して泊まったなら、左源太の腕の二本線はともかく、信兵衛の白髪も白髭も老いた声も、権威づけるための贋物《にせもの》であることがばれてしまう。せっかくの教訓になる言葉が吹き飛んでしまうだろう。

「いいか。神明町のことは神明町の貸元に相談するのだ」

龍之助は念を押すと倉石に向かい、

「別に怪しい者でなかったなあ。さあ、帰ろうか。あとはこの土地の者に任せて」

腰を上げた。

「ふむ、いえ。へい」

倉石は瞬時おのれの扮えを忘れた返事をし、左源太に睨まれすぐ言い換え、龍之助につづいて腰を上げた。

外まで出て見送ろうとする一同を、

「おう、ここでいいぞ。おもてまでおめえらにぞろぞろ見送られたんじゃ、こっちが迷惑すらあ」

龍之助は部屋で押しとどめ、土間の廊下を外に出た。倉石はそのうしろに随った。

「ほんに、あんさんらの言わはったとおりのお方や」

廊下に顔を出して見送った宗秋が、お甲と糸菊に言っていた。占い信兵衛だけが、この場の意味が分からないといった顔をしている。信兵衛が松平屋敷の倉石俊造の顔を知らないのはさいわいだった。

陽はかなり西の空にかたむいていた。

倉石と龍之助は、途中まで帰り道は一緒だ。街道を北へ、堀割に架かる新橋の手前から流れに沿った往還を西へ進めば、すぐに幸橋御門だ。新橋からそのまま) まっすぐ街道を進めば京橋を経て八丁堀となる。

二人は肩をならべ、話しながらゆっくりと進んだ。奉行所の同心と職人であり、主従関係ではない。倉石が敢えて一歩うしろに歩をとる必要はない。

「どうでえ、倉石さん。あの橘宗秋、じゃなくって橘屋宗次郎だ」

「ふむ、間違いないでしょう。惣兵衛に惣助か。言葉も上方なまりで、三人の風情も武家の主従には見えぬ」

「それがしも、せっかく板橋まで手の者を出し、そなたのお屋敷のご尽力も得て、うまく神明町に誘い込んだが、加勢どのの期待する素性ではござらなんだ」

「そのようだ。したが、ご政道批判などとはこざかしい」

「ははは。あれも庶民の思いの一つ。そなた、加勢どのにどこまで報告しなさる。そなたのこたびの役務は、例の隠し子の件のみと聞いておるが」

「そこです。加賀屋敷の一件もござれば、口寄せなどといい加減な手法を用いてのご政道批判も、報告をせざるばなりません」

「ふむ、分かりもうした。ならばあの者ども、大門の大通りで一声上げさせたうえで、一両日中にも江戸から出るように計らいましょう。あしたもその扮えで、見に来られるとよろしかろう。そこでの措置は、それがしにお任せ願いたい」

「心得た。大番頭にはさように報告しておきましょう」

橋板を通る大八車や下駄の音が聞こえてきた。新橋だ。

「それではあす、きょうの茶店で聞けばそれがしの所在は分かるようにしておきましょう。あの部屋、随意《ずいい》に使われよ」

「承知」

二人は別れた。

そろそろ一日の終わりを告げる喧騒に包まれようとしている街道を、八丁堀に向かった。これで〝やんごとなき血筋〟の一件は落着した。このあとすぐ、松平屋敷では加勢充次郎が倉石俊造の報告を聞き、がっかりすることだろう。

しかし懸念はある。加賀屋敷の辻番人に橘宗秋らは〝ご政道批判〟の咎で一度捕縛されているのだ。それがいかなる災いをどこへもたらすか、知れたものではない。

四

懸念は的中していた。お甲と糸菊が宗秋ら三人を神明町へいざない、茶店・紅亭で龍之助らがそれを迎えたころだった。

江戸城中で松平定信と前田家十一代当主の前田治脩《はるなが》が、それぞれの従者を引き連れ廊下ですれ違った。松平家は十万石で前田家が百万石といえど、片方は老中首座である。百万石の前田治脩のほうが従者ともども脇によって道を開け、定信に軽く会釈した。定信も軽い会釈で応じ、治脩の前を通り過ぎた。

「待たれよ、定信どの」

治脩は呼びとめた。

「なんでござろう」

定信は歩をとめ、ふり返った。

治脩は歩み寄り、

「ご貴殿の水も洩らさぬご政道の進めよう、感服いたしてござる」

皮肉っぽく言ったのへ定信は首をかしげ、

「はて、どのことでござろうか。なにぶん進めている案件は多く、至らぬところもあるかと存ずるが」

「そのようですなあ」

（なに！）

定信は心中に構えた。

治脩がつづけた。

「ついきのうのことでござるが、当方の辻番が往来でご政道批判をしていた異《い》な衣装の町人三名を捕えもうした」

「ほう、それはそれは。百万石の前田家が合力してくだされば、それこそ百万力でござる」

定信はただでさえ狐のように細い目をさらに細めた。

前田治脩は言った。

「ところが夜になってからでござる。明朝にも町方へ引き渡そうと辻番所に留め置いていたところ、ご当家より急使が参られ、かかる三名は理由《わけ》あって市井《しせい》に泳がしている者どもゆえ、解き放たれよとのご要請」

「なんと」

定信は初耳であった。

「よってわが屋敷は不逞な三名を解き放ちもうした。その者らその後いかが相成りもうしたろうか。それに、ご当家のご家臣らはいかように動かれておいでなのか。ご説明なくば、われらは合力しようにもしようがござらん」

「ううっ」

定信は返答につまり、

「さきほども申したとおり、取り扱うている案件があまりにも多いゆえ、前田どのの申し入れの件、さっそく精査してお知らせせいたしもうそう」

と、この場は切り抜けた。

下城のときである。

「急げ！　急ぎ帰るのじゃ」

定信はこめかみに青筋を立て、内濠《うちぼり》大手門から外濠《そとぼり》幸橋御門内の上屋敷までさほどの距離もないのに、

「早う、もっと早うっ」

駕籠の中からも急かした。老中首座の定信が、百万石の大大名に恥をかかされたのだ。噂は広まるだろう。定信の神経質な性格を知る家臣らは、ただ首をすぼめ萎縮するばかりだった。

中奥の部屋に、次席家老の犬垣伝左衛門と足軽大番頭の加勢充次郎が呼ばれた。

「おおそれながら、その儀につきましては……」

犬垣伝左衛門と加勢充次郎は話した。その者らが〝やんごとなき血筋〟を名乗っていることをである。それは定信にとって、柳営での出来事より優先する事項だ。

「うむ」

定信は加勢と現場の倉石の措置に得心せざるを得ず、

「して、首尾は」

そこへ、龍之助と新橋で別れた倉石が帰ってきた。屋敷が異様な雰囲気に包まれているのを感じた。もちろん、主君が柳営で恥をかかされた件は、すぐ耳に入った。

心ノ臓が高鳴った。もろにいま自分が与《あず》かっている案件が原因になっている。急いで袴《はかま》・裃《かみしも》をつけ、震える足を中奥に運んだ。

藩主定信の前に平身低頭する肩は三つになった。

「申せ」

定信から直に言われ、倉石は直答《じきとう》せざるを得ない。

かねて定信にも話した町方同心の名を上げ、もちろん鬼頭龍之助だが、その者の合力があったことも話し、三名を神明町におびき寄せ出自を探ったところ、絹の生地《きじ》をもっぱらとする仕立屋で京地を所払いになった者であることが、

「判明いたしましたでござりまする」

「さようか」

定信の無念を含んだ声が、平伏する三人の頭の上をながれ、

「したが、京地を追放になったという三名、仕立屋風情が〝やんごとなき血筋〟など不敬にもほどがある。しかも江戸でご政道批判とはこざかしい。捕えて斬首せよ」

「お待ちくだされ」

手を畳についたまま顔を上げたのは加勢充次郎だった。

「不逞の輩《やから》の捕縛や罪の軽重は町奉行所に任せていることなれば、われらが斬首など滅相もございませぬ」

「ならば町奉行所を通さず死罪にする方途を考えよ。そのためにも、鬼頭とか申す同心に役中頼みをしておるのではないか。その京地の三名の者、思うただけでも虫唾《むしず》が走るわ」

「ははーっ」

定信の剣幕に、三人は畳に額をこすりつけるほかはなく、

「御意《ぎょい》」

犬垣が応え、ようやく三人は中奥の部屋から退出することを得た。

すでに陽は沈み、そろそろどの部屋も行灯の必要な暗さに包まれかけている。

廊下で、

「あのう」

倉石は立ちどまり、そっと言った。

「――一両日中にも江戸から出るように計らいましょう」

街道での龍之助の言葉を、加勢に告げた。それが龍之助の松平屋敷への約束であれば、松平屋敷もそれを諾《だく》としなければならない。それが……斬首。

「なんと」

加勢は犬垣と顔を見合わせ、無言のうなずきを示し、

「倉石。すぐさま岩太を呼べ」

「はっ」

なにやら策を思いついたようだ。

倉石は廊下をすり足で遠ざかった。

この日、定信に部屋へ呼ばれたのは犬垣ら三人だけではなかった。他は定信ご立腹のとばっちりと言えようか。藩邸内の綱紀をつかさどる横目付たちもつぎつぎと呼ばれた。そこに馬廻役三百石・石塚俊介の一件が浮上した。

横目付衆は町場で石塚が秘かに殺されたことを、加勢充次郎から聞かされている。国おもてに返したなどの詭弁《きべん》はもう通じない。定信には初めて聞く内容であった。定信は横目付に言った。

「さような不届き者、切腹なればかえって恥を外にさらすようなもの。闇に葬られたはかえって重畳《ちょうじょう》。すべてなかったことにせよ」

「足軽衆がすでに、さように取り計らったと聞いておりまする」

横目付は応えた。そのとおりなのだ。

定信はうなずき、つづけて下問《かもん》した。

「相手の女はいかようにしたか」

町場のことは横目付には分からない。ふたたび加勢充次郎が中奥の部屋に呼ばれた。部屋には行灯の灯りに定信の面長に頬のこけた顔が浮かび上がっている。

言いにくかったが、

「その者、いまは女やもめにて、町場に暮らしおりまする」

応え、つけ加えた。

「不埒なことを吹聴せぬかと見張りをつけておりまするが、その気配これなく」

「口の軽い町場の女であろうが」

定信は町衆への侮蔑を込めて言った。

「御意」

加勢は返した。加勢も当初は、妾宅の美芳を亡き者にして〝すべてなかったこと〟

と処理する算段だった。だが龍之助と鳩首《きゅうしゅ》し、〝そこまでせずともよし〟と判断し、幕を降ろしたつもりでいたのだ。

このとき定信の言った言葉が、加勢には気になった。

「秘《ひ》なること、やはり足軽には無理かのう」

橘宗秋ら三人の始末を、犬垣と加勢に命じたあとである。

その時刻、岩太は松平家の星梅鉢《ほしうめばち》の家紋の入った弓張提灯をかざし、

「門番のかたがた、お世話になりまするっ」

と、山下御門を駈け抜け、夜の街道を八丁堀へと走っていた。

五

中奥の部屋から出てきた加勢を、犬垣は掛け行灯のならぶ廊下で待っていた。次席家老の自分ではなく、町場の現場を直接担当している加勢が呼ばれたことに、犬垣は疎外感などより、いっそうの緊迫感に胸騒ぎを覚えていた。

「——秘なること、足軽には無理」

定信の言葉を、加勢は話した。

「そうか」

犬垣はうなずき、

「今宵はもう遅い。ともかくあしたじゃ。あの三人の件、よしなに頼むぞ」

「はっ」

加勢も犬垣にうなずきを示した。

掛け行灯の火が点々と灯る廊下から、二人の姿は消えた。

だがそれらの炎は、火の用心の見まわりにすべてが消される夜四ツ（およそ午後十時）までに、人のすり足で急ぐ風に幾度か揺れた。


神明町では夕刻に近いころ、左源太から頼まれた大松の弥五郎が、

「ひとまずもみじ屋に入れておこうか」

と、橘宗秋ら三人の今宵の塒《ねぐら》をもみじ屋に定めていた。大松一家の常設の賭場《とば》が置かれている小料理屋で、場所も茶店や割烹の紅亭と違い、枝道の奥まったところにあり、最近は丁半の開帳される日数も少ない。すでに娘義太夫が二人ほど仲居として入っており、その女たちから江戸の厳しさは京に勝《まさ》るのを聞くこともできるだろう。茶店・紅亭には伊三次が迎えに来た。

それらの段取りが終わり、

「わたし、そろそろ行かなくっちゃ」

と、お甲が手裏剣をふところに浜松町四丁目の三味線教授処に行こうとすると、

「美芳さんとか、そのお師匠さんと一度音合わせを願えないでしょうか」

糸菊が言うものだから、

「そりゃあ、人数の多いほうが」

「だったら俺も行くぜ」

お甲が応じたのへすかさず左源太は言った。

「へへへ。夜になって糸菊さんが一人で神明町まで帰って来るのって心配だからよ」

「こっちはあっしに任せ、行ってきなせえ」

口実をつくる左源太に、伊三次は苦笑いしながら言った。

「もう、兄《あに》さんは」

と、お甲があきれるほど、左源太はでれっと相好をくずしていた。

割烹・紅亭に三味線を取りに戻り、そこから浜松町四丁目への道すがら、

「きょうは本郷から日本橋と、お江戸のなかをずいぶん歩きましたが、ずっと不安でした。ですが神明町に戻ると、ホッとしたものを感じました。いまも……」

　糸菊は言った。このご時勢に追われる者の、偽らざる気持ちであろう。三人の足はいま大門の大通りをへて、中門前一丁目に入ったところだ。

「へへへ。龍兄イ《たつあに》がそうしてくれているのさ」

　左源太が相好をくずしたまま返し、これにはお甲も、

「そういうお人なんですよう、龍之助さまは」

　自慢するようにつづけ、

「宗秋さんたちもいまごろきっと、おなじ気分でしょうねえ」

「はい。そのように見えました」

　糸菊は返し、おなじ保護のなかに置かれている美芳に親近感を覚えた。左源太はにたにたしたなかにも、腹掛の口袋にそっと手をあてた。分銅縄の入っているのを確かめたのだ。

　三味線教授処で、美芳はお甲と一緒に左源太が、それに三味線を抱えた糸菊まで来たのをよろこんだ。お甲が言ったように〝人数の多いほうが〟心細さが紛れるだけではなく、糸菊たち娘義太夫が大勢ながれて来たことはお甲から聞いており、美芳も同類に似た親近感を感じていたのだ。

　部屋に入ってからは、お甲も旅芸人の一時期があれば、多少は三味線もいじれる。

年増の色っぽい女三人で、それはもう音曲入りのかしましい場となった。左源太一人が蚊帳《かや》の外となったが、

「へへへ」

と、頬をゆるめっぱなしで、

「おう、姐さんがた。お茶を入れ替えてやるぜ」

などと進んで下男役に任じていた。

だが、家々が立ちならぶ町場の一角とあっては、三味線の音はけっこう響き、そう遅くまでは騒いでいられない。

音曲がやみ、さらに話は盛り上がった。というよりも、深刻なものになった。左源太はむろん四人とも、これまでの人生に堅気《かたぎ》の道を歩んで来たのではない。互いに話す来《こ》し方《かた》は違っても、共通のものはある。話せば話すほどに時のたつのを忘れ、

「染太郎や小若丸が心配しますから」

と、糸菊が名残惜しそうに言ったのは、そろそろ増上寺から夜四ツ（およそ午後十時）の鐘が聞こえてきそうな時分だった。町々の木戸が閉まる前に、左源太も一緒に帰らねばならない。部屋が静かになると、

「しっ」

左源太は低く叱声を吐いた。裏庭のほうに気配を感じたのだ。

たちまち部屋には緊張の糸が張られた。三之助の手の者ではない。それら若い衆は、おもてに警戒の歩を踏んでも、裏戸のある路地までは入って来ない。

美芳と糸菊は怯えた。

左源太とお甲はうなずきを交わし、行灯に着物をかぶせて灯りを包んだ。

「まさか、松平さまの」

美芳はつぶやき、糸菊と肩を寄せ合った。糸菊もさきほどの美芳の話から、松平家に命を狙われるかもしれないことを感じ取っている。

「しっ」

こんどはお甲が叱声を吐いた。

二人にとって、落ち着いている左源太とお甲のようすが心強かった。

お甲と左源太は手探りで台所にまわり、雨戸のすき間から裏庭をのぞいた。きょうも人影があれば見分けられるほどの月明かりがある。

なにもない。だが、板戸の外に人の気配が……板戸を開けようとしているようだ。

小桟《こざる》は落としており、開かない。つぎの〝賊〟どもの行動は察しがつく。

「お甲、板塀で防げ。俺はおもてにまわり、人数だけでも確かめるぞ」

「はいよ」

お甲は台所の雨戸をすぐに開けられる態勢に構えた。龍之助から、

「――殺すな。追い返すだけにしろ」

言われている。来るとすれば松平家家臣であり、加勢の配下かもしれない。殺せば石塚俊介のときとは事情が異なり、松平家はいよいよ意固地になってそれこそ収拾がつかなくなるだろう。それに三ノ助たち町衆のほうでも、そう幾度も死体がつづいたのでは処理しきれなくなる。

左源太は暗い部屋に戻り、

「姐さんがた、心配いらねえ。凝《じ》っとしていてくだせえ」

闇のなかに低い声を這わせ、また手探りで玄関のほうへ出た。

玄関の雨戸に内から耳をあて、外のようすを窺った。気配はない。開け、外に出てまたそっと閉め、路地の入り口に近い軒端の物陰に身を隠した。

裏庭では、お甲が台所の雨戸のすき間から庭の板塀を窺い、すぐに雨戸を開け飛び出せる態勢を取っている。賊は美芳を秘かに殺害するのが目的……数が多く手に負えなくても、

(騒げば賊どもは浮き足立つ)

確信がある分、心の余裕にもなっている。

予想どおりだった。板塀の上に黒い影の動くのが見えた。一人が塀を乗り越え、中から板戸を開けて仲間を入れる……。

板塀の上の黒い影が大きくなった。全身を乗り出したのだ。

お甲は思いっきり音を立て雨戸を開けるなり庭に飛び出した。

塀の上の影は仰天したか動きがとまった。その一瞬をお甲は見逃さなかった。大刀を振り下ろすようなかたちに右手を大きく振り、

「えいっ」

手裏剣が飛んだ。

「うっ」

影はうめくなり外側へかたむき、見えなくなると同時に大きな物音がした。

「ど、どうした！」

「中に手練《てだれ》の者がっ。引け！　引くのだ」

声が聞こえる。その声から、人数の多くないことが分かる。お甲は足元に気をつけながら板戸に走った。いきなり板戸を開けるのは危険だ。小桟はそのままに気配を探った。おもてのほうへ急いでいる。その気配がぎこちない。お甲は得心した。打った

手裏剣が賊の腰のあたりに命中したのだ。それもかなり深手のはずだ。

おもてでは、

(出て来やがった)

左源太は意を決し物陰から出るなり路地の出入り口に構えた。手には分銅縄を振りまわし反動をつけている。

出て来た。

「うぐっ」

硬いものに当たった、確かな手応えだ。左源太はうしろへ数歩、刀の範囲の外まで飛び下がるなり雨戸に身を張りつけ、再度分銅縄を手に身構えた。

が、

(ん?)

崩れ落ちた影が、二人重なっているようだ。覆面まではしていないものの、どちらも黒装束だった。目を凝らした。

しゃがみ込むように崩れた黒い影は額を押さえている。

「ううううっ、血が」

「どうした」

背に重なっている影が問う。

「分からんっ。いきなり額にっ」

「大丈夫か」

「ともかく引き揚げよう。おまえこそ大丈夫か」

「おぉ」

影は起き上がり、互いに身を寄せ合ったまま、よろよろと街道のほうへ向かった。

いまならふところの匕首を引き抜き、飛びかかれば容易に刺せる。一歩踏み出した。

だが、

「――殺してはならぬ」

龍之助の言葉がある。踏みとどまった。

「あ、兄さん」

お甲が路地から走り出てきた。

「賊は二人だったぜ」

その影はもう見えない。

一人は腰、一人は額を、骨までは砕けていないようだ。お甲と左源太は成果を確認しあった。

その夜、左源太が糸菊と一緒に神明町に帰ることなどできなかった。それでも左源太が中門前三丁目に走り、三ノ助の若い衆に割烹・紅亭まで走ってもらった。さらに三ノ助の差配で若い衆が数人駈けつけ、提灯で地面を照らし路地からおもての通りまで、例によって血の跡を消し去った。路地で若い衆の一人が、

「あっ、刃物が。血がついている！」

お甲の手裏剣を拾った。

「殺してはいませんから」

お甲が言ったのへ、三ノ助はホッと息をついた。やはり人知れず死体を処理するのは、相応に骨が折れるようだ。

六

朝だ。といっても、まだ暗い。

職人姿の左源太が、浜松町四丁目の自身番で借りた弓張提灯をかざし、街道を北へと走っている。

夜明け近くになり、

「――もう襲っては来やせんぜ」

ようやく美芳と糸菊をなだめ、左源太はそこを離れることを得たのだ。しかしこのあと、なにが起こるか分からない。事態を一刻も早く龍之助に知らせておかねばならない。走りながらも、左源太の心中は満足に満ちていた。

（へへ、糸菊姐さんからも美芳姐さんからも）

まさしく頼られていたのだ。そこに一睡もしなかった疲れなどなかった。

闇に沈む神明町の茶店・紅亭の前も宇田川町の町並みも走り過ぎたころ、東の空がいくらか明るんできたのを感じた。だが、まだ提灯の火は明るさを失っていない。水の流れる音が聞こえてきた。昼間なら堀割に架かる新橋がすぐそこに見えることだろう。この時刻に橋板の騒音はない。

「おっ」

うっすらと見えはじめた橋の上に提灯の火が、しかも弓張の御用提灯だ。そこに人影が二つ、先方も左源太の弓張提灯に気づいたようだ。

「兄イーッ。兄イッ」

龍之助ではないか。提灯をかざしているのは茂市だ。この時刻に左源太と出会うのが意外だったか、龍之助たちも走った。龍之助たちが橋を渡り切ったところで、

「おとっとっとい、兄イ。ど、どうしたんでえ、こんな時分にっ」

「おまえこそ、左源太！」

双方たたらを踏んでとまり、御用提灯の茂市もすぐに追いついた。もちろん、他に人影はない。その場で立ち話になった。

「なんと！　お甲は手傷など負わなかったか」

左源太の話す二人組の来襲に龍之助は驚愕し、

「ありやせん。で、兄イはどうして!?」

「おう、それよ」

龍之助は話した。

昨夜、時間なら左源太とお甲が二人組の黒装束を撃退した前後であろうか、八丁堀の組屋敷の冠木門を叩く者があった。岩太だった。

「──大番頭さまより。明朝、日の出前に甲州屋にて。甲州屋さんにはいまから」

用件だけで岩太は冠木門の前を走り去った。

(──松平屋敷はいま、なにやら急激に動いている)

龍之助は感じた。

それで甲州屋に行く途中だった。そこへ左源太と出会った。龍之助の胸中で、岩太

のつなぎと三味線教授処が襲われたのが一つにつながった。しかもその動きは、

（加勢どのの動きよりも早く進んでいる）

茂市をともなったのは、甲州屋の別間で岩太から屋敷のようすを聞くためだ。左源太が来ればその用はいらない。

「急ぐぞ、左源太。加勢どのはもうおいでかもしれぬ」

その場で茂市を帰し、甲州屋に急いだ。

日の出はまだだが、提灯の火は消してもいいほどに東の空に明るみは増していた。

町場に朝の豆腐屋や納豆売りなどの姿はまだなく、路地にも竈《かまど》の煙はない。どの商《み》舗《せ》や民家の雨戸も閉まっているなかに、

「おっ、兄イ。開いてやすぜ」

「おう」

なかば駈け足に近い足の運びに左源太が言えば龍之助も応じた。甲州屋の雨戸が開いている。暖簾はまだ出していない。

小僧が中から顔を出した。

「あっ、番頭さーん。お見えです」

中に向かって言うなりおもてに飛び出て、

「こっち、こっち。もうお見えですーっ」

「これ、静かに」

跳び上がって手をふったのへ、番頭が出てきてたしなめ、近づいた龍之助と左源太に腰を折り、

「さあ、中へ。もうお越しでございまして、お二人さままです」

手に手燭を持っている。

「おう、岩太どんと」

「いえ。岩太さんはお供で、お客人がお二人です。さあ」

左源太が言ったのへ番頭は応え、手燭で店の中を照らした。板の間には行灯に火が入っている。

番頭は手燭をかざして左源太を別間に案内し、

「これはこれは、ご苦労さまにございます」

すぐに出てきた右左次郎も手燭を手にしている。雨戸を開けても屋内はまだ暗い。

「いやいや。それがしのほうこそ迷惑をかけてしまったようで申しわけない」

すでに雨戸の開いている廊下を奥へ向かった。龍之助にはもう一人が誰か察しはついた。

部屋にも行灯の火が入っている。

部屋の二人は腰を浮かして龍之助を迎えた。もう一人は果たして倉石俊造だった。きのうとおなじ職人姿だ。加勢がなにやら言おうとしたのを、

「いやいや。もう挨拶は抜きにしましょう」

龍之助は手で制し、

「急な事態のようで。当方にもありましてなあ。まずそちらから伺いましょう」

言いながら胡坐居《あぐらい》に腰を下ろし、二人にも手で胡坐になるよう示した。

「なに？　そなたのほうにも」

言いながら加勢は端座の足を胡坐に組みかえ、倉石もそれにつづいた。自然に三《み》つ鼎《がなえ》のかたちになった。そのほうが話しやすい。

「きょうのこのこと、屋敷の次席家老も承知しておりましてなあ。いや、むしろ次席家老に促されたもので」

加勢は前置きし、

「美芳なる町場の女と、京の仕立屋という三人の命のう……」

上の筋から葬《ほうむ》れとの沙汰が出たことを、それとなく話した。

龍之助は驚かなかった。

「それならすでに来ましたよ、昨夜」

「えっ」

「お屋敷のどなたか、腰のあたりと、額に手傷を負うた者はおりませんかな」

「すると、あれはやはり」

言ったのは職人姿の倉石だった。

「おまえ、なにか心当たりがあるのか」

驚いたように、加勢は倉石に視線を向けた。

廊下に面した障子が、ようやく外の明かりを受け、白さを浮かべはじめた。

別間では、

「いやあ左源太どんのほうも大変そうだなあ、こんな時分によ。俺なんかきのうからほとんど寝ていないよ」

「俺だってそうさ。一睡もしていねえ。おめえんとこの屋敷からじゃねえか。忍者もどきの侍が二人、また町場にのこのこ出てきやがってよ。追い返したがよ」

「えっ、そんならあれがそうだったのかなあ。夜四ツ（およそ午後十時）をとっくにまわった時分だった。俺がこの甲州屋から屋敷に戻り、雪隠《せっちん》に行ったときだ。母屋の玄関を入らず、中間部屋の前を通り、提灯も持たずに庭づたいに中奥のほうへ、それも一人が手負いの者を背負っているようだった。もっとも影だけで、はっきりとは見えなかったがよ」

「ほっ、それだぜ。忍者もどきは二人だった。きっとそいつらだ」

二人のあいだに秘密の壁はない。とくに岩太などは、かつて盗賊に利用されかけたのを救ってくれたのが町奉行所同心の鬼頭龍之助で、松平屋敷にも逆に〝お屋敷の中間さんに合力してもらい〟などと取りなしまでしてくれたのだから、龍之助には心酔というか、畏敬の念をいだいている。

奥の部屋では、行灯の火が間延びして見えるほどになっている。

「はい。火の用心の者から手燭を借り、足軽のお長屋のほうへ戻ろうとしたとき、庭のほうに影が動いているのを見ました。手燭の火を消して見ておりますと、中奥の庭から灯りを持った者が迎えに出て、あれは横目付の顔でした。それで安心して私はお長屋に戻ったしだいでして」

「ばか者。なぜそれを早く言わぬ」

「なにぶん、横目付のことでしたので」

龍之助の前で、屋敷の者同士のやり取りになった。

どこの屋敷でも、横目付は首席家老か藩主に直属しており、他の家臣はそこに関与しないものだ。だから足軽組頭の倉石が加勢にそれを報告しなかったのは、むしろ屋敷内での忠義といえた。

「その忍者もどき、お屋敷の横目付の手の者とみて間違いなさそうですなあ」

「うーむむっ」

龍之助の言ったのへ加勢は唸《うな》り、

「それについてじゃ」

途方もない提案をした。それが、きょう未明に龍之助を呼び出した目的だった。さらに定信から〝秘なること、やはり足軽には無理かのう〟などと言われたことも話し、昨夜のうちにその兆候が現われたことに、座はいっそうの熱を帯びた。

「三名の男巫子《おとこいたこ》ども、町場で秘かに葬ったことにはできぬか。石塚俊介を裏で葬ったあの町衆に加え、夜鷹を一晩で町中から消したおぬしじゃ。合力すればできぬことはあるまい。むろん、あの者どもには所払いでもなんでもよい。江戸から姿を消してもらう。衣装も変えてじゃ。いずれかの街道筋から男巫子の噂が江戸へながれて来てはまずいでのう」

「さようにすることが、わが殿を安んじ奉《たてまつ》る忠義と心得ております。もしわれらが殿のお言葉どおりに手を染め、失敗したならそれこそお家の恥となるゆえ」

加勢が言ったのへ、倉石もつづけた。

加勢も倉石も、娘義太夫にはまったく気づいていないようだが、夜鷹の件には石塚俊介を葬ったのと一体でなにやら裏に知れないものがあるのを感じているようだ。両名とも、門前町の特殊性を覚《さと》り、たとえ老中首座の家臣とはいえ手のつけられないことを解している。だからといって、

『あの土地は、わが藩にも町奉行所にも手は出しがたく……』

などと殿さまに奏上などできるものではない。おそらく加勢の申し出は、次席家老の犬垣伝左衛門とも申し合わせたものであろう。

そこにもう一つ、提案が重なった。

「石塚俊介に囲われていた女もじゃ。同様にできぬか」

倉石もうなずきを見せた。

両名にとって、横目付の昨夜の動きは衝撃だったようだ。加勢も倉石も、きょう未明の談合にまさる動きなどあり得ないと確信していたところ、横目付は失敗したとはいえすでに動いていたのだ。こうなれば足軽衆を束ねる二人には、横目付の失敗がむしろ小気味のいいものにさえ思えてくる。そこへ横目付の標的を自分たちの肝煎《きもいり》で隠してしまえば、まさしく溜飲を下げることができよう。

「うーむ」

龍之助は唸った。悪い話ではない。むしろ望むところである。しかもこの二人が了承するなら、事はずいぶん進めやすくなる。

それに、美芳の件だ。左源太は意気揚々としているが、たかが町家の女一人と見くびっていた刺客が予期せぬ反撃に遭い、驚いて引き揚げたに過ぎない。ということは、つぎに仕掛けるときにはもっと人数をととのえ、用意周到に押し寄せるだろう。防げば防ぐほど、それは長引くことになる。となると、方途は一つしかない。

思案顔になっている龍之助を、すでに行灯の灯りより障子からの明かりのほうが部屋の中に浮かび上がらせている。

「よろしい。やってみましょう」

「ほっ。やっていただけるか」

龍之助の返答に加勢は倉石と顔を見合わせ、

「きょう一両日が勝負じゃ。傍にいて合力すべきときにはするのじゃ」

「はっ」

倉石は返した。きのうとおなじ職人姿だ。きのう紅亭で〝あしたもその扮《こしら》えで、見に来られるとよろしかろう〟と、龍之助は言ったのだ。加えて、その茶店・紅亭の部

屋も〝随意に使われよ〟とも言った。いまさら、

『それは困る』

などとは言えない。

（うっとうしいが、それもよいか）

龍之助は思った。加勢や倉石に知られてまずいものがある。だがこれからの策は、加勢と倉石のほうから持ちかけたものなのだ。その点、松平定信に対し松平家家臣と共通の秘密を持つことになる。かえって都合がよい。

加勢や倉石に知られてはまずいものとは、娘義太夫を三十八人も神明町と増上寺門前町とでかくまっている件だ。

（そこはなんとかしよう）

龍之助は意を決し、

「双方つなぎの場は、倉石どのもご存じの、あの茶店の紅亭としたい」

「承知いたした。いや。へい、承知しやした」

「ふむふむ。あはは」

倉石が職人言葉で応じ、加勢はようやく一息ついた安堵の表情になった。部屋が急に明るくなった。日の出だ。

加勢は手を打ち、あるじ右左次郎を呼んだ。

朝餉《あさげ》の用意ができている。

甲州屋の台所で用意したもので、珍しく左源太と岩太が部屋に呼ばれた。武家にあって中間が上役の武士と同席するなどあり得ないことだが、これから町場での策が始まるのだ。

「左源太よ。きょうは一日、倉も俺の岡っ引だからそのつもりでな」

「えっ、そうかい。倉よ、おめえ俺の言うことも肯《き》くんだぜ」

「なにぃ。いや、へ、へい」

左源太の言葉に倉石は怒ったがすぐに言い換え、

「あはは。それでよい」

加勢は満足げに相好をくずした。

朝の食事は簡単だった。

「さあ、陽が高くならぬうちに動かねばならぬ」

龍之助は、加勢と岩太に一足先に甲州屋を出るよううながした。すでにおもての通りには朝の棒手振など人の往来がある。

倉石が玄関まで見送りに出た。

そのすきに左源太は素早く言った。

「さっき岩太が忍者もどき二人の影を……」

「ほう、なるほど。倉石も見たそうな。すべて時間が一致する。おめえ、それを岩太から聞いたと倉に話すんじゃねえぞ」

「分かってまさあ」

話しているところへ倉石が戻ってきた。

「さあ、こんどは俺たちだ」

三人は右左次郎や番頭に見送られ、甲州屋の玄関を出た。

朝日が地に射し、また江戸の一日が始まった。

七

街道には、これから江戸を出るのか南へ向かう旅姿の者にその見送り人たち、大八車や荷馬もすでに出ていた。

茶店・紅亭も幟《のぼり》を立て、縁台を通りに出していた。間もなく朝の早い神明宮の参詣人が座ってお茶を飲んでいくことだろう。

「まあ、お早い」

「旦那に左源太さん。それにきのうの職人さんまで。なんですね、こんなに早く」

茶汲み女が驚き、老爺《おやじ》も目を丸くしていた。

「今日も一日、奥の部屋を借りることになってなあ」

龍之助は〝岡っ引二人〟を随え、奥の部屋に入った。

しばし、きょうの策を練った。

まとまりは早かった。だが龍之助の胸中には、その場では話さなかった策もある。

「さあ。決まれば向こうが動かねえうちに進めねばならん。行くぞ」

「へい」

「よし」

龍之助が腰を上げたのへ左源太がつづき、倉石も立った。

「やい、倉。おめえ、いまなんて返事をした」

「なにっ」

まだ部屋の中だ。左源太が倉石を睨みつけた。

「なにってなんでえ、その返事もよう。おめえはきょう一日、新米の岡っ引だぜ。それらしく振る舞わねえじゃ、事がうまく進まねえぜ」

「くそーっ、許さんぞ。いや、ふざけんじゃねえぞ」

「そお。悪態もそのようにつくんだ。分かったかい、あはは」

「勝手にしやがれ」

「そう、それだ」

町場でのやりとりでは、倉石は左源太にはかなわないようだ。

神明町の通りは、まだ人影はまばらだった。

三人の足は枝道に入った。行き先はもみじ屋だ。宗秋たちがそこにいる。

暖簾は出ていないが、雨戸は開いていた。すでに起きているようだ。

「ちょいとひとっ走りして、知らせてきやさあ」

左源太が走り、玄関に飛び込むと、

「あらぁ、岡っ引さん」

と、娘義太夫二人が板の間の拭き掃除をしていた。

「おう、おめえら。わけは訊くねえ。しばらく奥にいろ。お茶運びにも出るんじゃねえ。さあ、すぐにだ」

「えぇえ！」

二人とも強張《こわば》った表情になり、逃げるように奥へ下がった。手入れでもあると思ったようだ。仲居の着物をつけていても、雰囲気で堅気の娘たちでないことは分かる。それを倉石の目に触れさせてはならないのだ。

ようやく朝餉の終わったばかりの早朝に、きのうとおなじ同心と岡っ引二人が来たことに、宗秋たちも緊張した。部屋に呼ばれ、龍之助の前に三人は神主姿と半袴のいでたちで端座してからも、身を強張らせている。龍之助は開口一番、言った。

「おめえら、手がまわったぜ」

「えぇぇ！」

三人は交互に顔を見合わせた。龍之助の背後に岡っ引二人がひかえ、とくに倉石などは三人を射るように凝視している。

龍之助の言葉はつづいた。

「おめえらにこの町で口寄せの一回でもさせてやろうと思っていたができなくなった。おめえらがおととい捕まったのは加賀屋敷で町方じゃねえ。だからすぐ解き放しになったのだ。だがなあ、加賀屋敷から江戸町奉行所に知らせが行ったのよ。きのうだ。江戸町奉行所じゃ、さっそくおめえらを手配しおった」

「ま、また捕まりますので!?」

宗秋らにすれば、中山道では無事だったものの、江戸に入った早々捕縛され、昨夜はもみじ屋で娘義太夫たちから、取り締まりの厳しさや理不尽にも同業の娘たちが縄を打たれ、いま女牢で苦しめられていることをさんざん聞かされている。

龍之助はさらに言った。

「加賀さまといえば、おめえらも知っているだろう」

「は、はい。百万石の」

惣兵衛が応えた。

「そうよ。百万石から知らせがあったのじゃ、奉行所も知らぬふりはできねえ。北町と南町が総がかりよ。京地の東西の町奉行所よりも、江戸のほうが数段厳しいぜ。こうなった以上、もう俺の手にも負えず、町衆だっておめえらをかばいきれねえ」

「ど、どないすれば」

震え声を出したのは若い惣助だった。

龍之助は応えた。

「そもそもおめえらがお江戸でご政道に一矢報いようなど、考えが大胆すぎらあ」

「そやから、どないすれば」

宗秋も訊いた。

「だから言ったろう。もう俺の手にゃ負えねえって。おめえ、いますぐ仕立職人の橘屋宗次郎に戻り、江戸を離れるのだ。といっても京地には戻れめえ。甲斐《かい》か信濃《しなの》か三河《みかわ》あたりでよ、おめえが口寄せで言っていたように〝望みを失わず〟時を待つのだ。手に職のあるおめえらだ。どこへ行っても喰って行けようよ」

「ほなら、いまの世は長くはつづきまへんので？」

宗秋の言葉に、倉石の顔が一瞬引きつった。

「そんなこと、俺が知るかい。さあ、そんなわけの分からねえ衣装は脱いで、職人の旅支度を拵《こしら》えろ」

「い、いまから？」

「そうだ。いつ奉行所の役人がこの町に踏み込んで来るか分からねえ。だから俺たちがこんなに早く来たんじゃねえか」

この時刻に龍之助らが来たことの説得力は絶大だった。伊三次を呼んで旅支度をととのわせ、費用は龍之助が松平屋敷から出た役中頼みの金子《きんす》をあてた。

中山道を引き返しては、また加賀屋敷の前を通る。

「甲州街道を行きねえ」

龍之助は勧め、左源太と倉石が、

「江戸のご威光がとどかぬところまで」

つき添うことになった。おそらく府中《ふちゅう》か八王子《はちおうじ》あたりまで行き、あしたの夕刻に二人は肩をならべ、江戸へ帰ってくることになるだろう。二人には悪態をつき合いながらの道中となるだろう。そのようすを龍之助は想像し、にこりと微笑んだ。

それらは、茶店・紅亭の奥の部屋で決めたことだった。倉石に、男巫子ら三人が江戸を出たことを慥《しか》と見とどけさせるためだ。言い出したのは龍之助だったが、左源太にも話さなかった、ある思惑があったのだ。龍之助は倉石に言った。

「——三人組の占い師が、増上寺の門前町で人知れず消えたとの噂を、一帯にながしておこうじゃないか。死体が二つか三つ、新堀川を江戸湾にながれるのを見た者もいる……とな」

倉石は得心した。夜鷹に関わる胡乱《うろん》な噂がながれたあとだ。それと重なり、信憑性は増すだろう。松平屋敷の横目付の手の者が、どのような変装で町場に入るか知れないが、その噂を耳にし、屋敷に報告することになるだろう。それは加勢充次郎が犬垣伝左衛門を通じ、あるじ定信に報告した内容を裏付けるものとなるはずだ。

東の空に陽がかなり高くなっている。

もみじ屋の玄関で、龍之助は宗次郎に言った。

「おめえら、二度と〝やんごとなき血筋〟など、名乗るんじゃねえぞ」

「へえ」

　宗次郎は返し、

「お江戸には、あなたさまのようなお役人のおいでになること、決して忘れませぬ」

　惣兵衛、惣助ともども、しきりと頭を下げていた。

　それらの姿が角を曲がり、見えなくなった。龍之助はつぶやいた。

「松平定信に追われる者なら、誰だって助《す》けてやるぜ。俺がそうだからなあ」

八

　見送り、割烹・紅亭に行くと、染太郎と小若丸が玄関へ心配そうに走り出てきた。お甲と糸菊はまだ帰っていない。美芳は朝になってもまだ怯えているようだ。

（よし。かえって話をつけやすい）

　龍之助は浜松町四丁目に向かった。左源太に倉石俊造をつけ、神明町や増上寺門前町から遠ざけたのはこのためだった。

　急いだ。

　大門の大通りはすでに参詣人や大道芸人に物売りたちが出ていた。ここでせめて一日、男巫子の宗秋こと橘屋宗次郎らに幔幕を張らせ〝死者の声〟を借り、『望みは失うな。いまの世は、長くはつづかぬ』

言わせてやりたかった。それは、龍之助の思いでもあるのだ。

三味線教授処では、果たして美芳は部屋の中が明るくなってからも震え、「せめてきょう一日、ここにいてくださいまし」

お甲と糸菊に懇願していた。無理もない。命を狙われ、実際に刺客の流した血が路地からおもての通りにまでしたたっていたのだ。

玄関の雨戸は閉まったままだった。

裏手にまわって板戸を叩いたとき、お甲が飛び出てきて手裏剣を構えた。お甲も対手に血を流させ、気が立っていた。

「俺だ、俺だ」

その声に、部屋の中にも安堵の空気がながれた。

勝手口から部屋に上がった。

女三人と、龍之助は向かい合った。部屋には、ふたたび緊張の空気がながれた。龍之助の表情が、あまりにも真剣だったのだ。

ともかくお甲と糸菊に、宗次郎らが甲州街道に向かったことを話し、

「ついては美芳よ。昨夜ここを襲おうとしてお甲と左源太に撃退された刺客なあ、間違いなく松平の手の者だった」

「すると、加勢さん配下の！　おかしいじゃないですか。それなのに倉石さんが左源の兄さんと一緒に宗秋さんじゃなかった、宗次郎さんたちを護って甲州街道へなど」

お甲が疑問を入れたのへ、

「そう思うだろう」

龍之助は応じ、

「刺客は加勢どの配下の足軽ではなかった。横目付の手の者だ。お甲に手裏剣を打たれ、不利を覚るなり早々に退散し、左源太から得体の知れない攻撃を受けても反撃をせず一心に逃走したのは、負けを覚ったからではない」

「どういうことですの？」

糸菊には意味が分からなかったようだが、さすがに美芳は神経が敏感になっているせいか、

「ということは、また……襲って来る、と」

「さよう、それも隠密行動に長《た》けた横目付衆だ。足軽衆よりも数倍手ごわいぞ。しかも定信公直截《ちょくさい》の下知となれば、終わりがなくいつまでも」

定信が蛇のごとく執念深いのは、龍之助が最も知るところだ。

それに龍之助にとって、横目付が出てきたということは、戦《いくさ》でいえばこれまでの陣笠に代わって、

(騎馬の武者が出てきた)

思いがある。いかに町衆をうまく使嗾《しそう》したとしても、正面切って戦い、勝てる相手ではない。

「いかように、いかようにすれば。鬼頭さま」

美芳がすがるように言えば、糸菊もお甲も一膝前ににじり出た。

龍之助は言った。

「方途は一つ」

一息つぎ、

「江戸を離れることだ」

「えっ。ならばわたくしも一緒に。美芳さん一人では……」

すかさず糸菊があとにつないだ。糸菊もいまの江戸では満足に住めない身となっている。若い娘義太夫たちと違い、師匠の糸菊は一人でも目立つ。本人が危険なばかりではない。神明町にいかなる災いをもたらすか知れたものではない。

龍之助はうなずいた。すでに茶店・紅亭で考えていた方途である。あと幾人か娘義太夫のなかから希望者を募る。お甲の役目となった。昨夜の刺客二人の行動は、龍之助や加勢の思考を超えた速さがあった。それを思えば一刻も早いほうがいい。

糸菊はお弟子たちに一言お別れをと望んだが、龍之助は許さなかった。横目付は近辺に探索の手を入れるだろう。

——突然いなくなった
手掛かりがなければ、横目付たちはその後の探索をあきらめざるを得なくなる。美芳の出自も生まれ在所も、知る者はいないのだ。

神明町と増上寺門前町をまわったお甲が戻ってきたのは、午過《ひるす》ぎだった。

「あの娘《こ》たち、糸菊さんが江戸を離れるというと動揺し、一緒に行きたいという娘《の》も多かったけれど、いますぐ出立《しゅったつ》となると躊躇《ちゅうちょ》し、結局四人だった」

なるほどいまの塒《ねぐら》なら、凝《じ》っとしておれば安心という思いもあるのだろう。

「ちょうどよい人数だ」

龍之助は言った。美芳と糸菊に娘義太夫が四人……旅の一座が組めるし、いずれかにしばらく定住するにも手ごろな人数だ。

「東海道なら、おまえたちの芸で生きていける城下町や宿場町は多い」

と、龍之助が東海道を勧めたのは、江戸へ戻る倉石俊造と鉢合わせになるのを防ぐためでもあった。

出立は昼八ツ（およそ午後二時）時分だった。三味線教授処に全員が集まるのではない。それぞれがばらばらに発ち、高輪《たかなわ》の泉岳寺《せんがくじ》の山門前で待ち合わせる段取りも、お甲が四人に告げていた。ただ、割烹・紅亭から染太郎と小若丸が浜松町四丁目まで見送りに来た。二人とも、紅亭ならお甲もおり居心地がいいのだろう。

念のためである。泉岳寺まで美芳には龍之助がつき、糸菊にはお甲が、さらに四人の娘義太夫たちには伊三次をはじめ、一ノ矢や三ノ助の若い衆らがついた。泉岳寺から東海道最初の宿場町となる品川は目と鼻の先だ。

一同が泉岳寺の山門に集まったのは、太陽がすでに西の空にかたむいた時分になっていた。これからの路銀は龍之助が用意した。もちろん出どころは、松平屋敷からの役中頼みである。

泉岳寺の山門前も小さな門前町となっている。そこでも目立たぬよう、龍之助は伊三次ら若い衆を先に帰し、見送りは龍之助一人となった。

お甲が言った。

「それでは龍之助さま。わたしはあしたには帰ってきますから」

きょう一日の旅程にお甲が左源太や倉石とおなじようにつき添い、美芳らが確実に江戸を離れたことを確認してから戻って来るのだ。おそらく女の足では、きょうは急いでも品川宿のもう一つ先の六郷川《ろくごうがわ》を越えた川崎宿《かわさきしゅく》泊まりとなろうか。

いよいよ出立である。

龍之助は女たちに言った。これが言いたかったから龍之助は高輪まで来て、伊三次らを先に帰したのだ。

「おまえたち、いまの世は長くはつづかぬ。きっとまた、江戸に戻って来るのだぞ」

女たちはうなずいていた。

帰り、一人東海道を踏みながら、

(左源太はそのまま甲州街道を、生まれ在所の小仏峠《こぼとけとうげ》までつき合うかもしれんなあ)

帰りが一日か二日ばかり遅くなる。それもよいだろう。

だが、江戸に帰ってくれば美芳はおろか、糸菊までいなくなっている。きっと驚くだろう。あるいは、

『兄イ！　なんでそんな余計なことを！』

怒るかもしれない。

お甲がなだめ役になろうか。

「ふふふ」

龍之助の頬がゆるんだ。

だが、左源太にとっては笑い事ではない。

(許せ、左源太)

胸中につぶやいた。夕陽が街道に長い影をつくっている。江戸府内に急ぐ旅姿の者が、幾人も龍之助を追い越して行った。

「ふむ。俺も暗くならないうちに」

雪駄《せった》の足を速めた。


松平定信が城中の廊下で、また前田治脩《はるなが》と出会ったのはその翌日だった。

「あいや、前田どの」

こんどは定信のほうから呼びとめた。

「先日の件でござるが、あの者どもを野に放ったゆえ、そやつらとつながっていた不逞な者どもを多数、町方に捕えさせることができましてなあ」

「ほう。それは重畳でございましたなあ」

治脩は返した。

だが、そのような実体はない。あるといえば、横目付の手の者が増上寺の門前町で耳にした、得体の知れない噂のみである。

標的だった女は姿を消し、こたびこそはと期待をかけた〝田沼意次の隠し子〟探索も成果を得られなかったのだ。

定信の胸中は穏やかでない。それがまたご政道にあらわれ、庶民に降りかかってこようか。隠売女禁止令が出された寛政元年（一七八九）もすでに葉月《はづき》（八月）に入っていた。世に言う〝寛政の改革〟の最中だ。

「さあ、来るなら来い。俺は逃げぬぞ」

鬼頭龍之助は北町奉行所の同心溜りで、思わずつぶやいた。

二見時代小説文庫

追《お》われ者《もの》　はぐれ同心《どうしん》　闇裁《やみさば》き9

著者　喜安幸夫《きやすゆきお》

発行所　株式会社　二見書房
東京都千代田区三崎町二−一八−一一
電話　〇三−三五一五−二三一一［営業］
〇三−三五一五−二三一三［編集］
振替　〇〇一七〇−四−二六三九

印刷　株式会社　堀内印刷所
製本　ナショナル製本協同組合

ISBN978−4−576−13025−5
http://www.futami.co.jp/

はぐれ同心 闇裁き 龍之助江戸草紙
喜安幸夫［著］

時の老中のおとし胤が北町奉行所の同心になった。女壺振りと島帰りを手下に型破りな手法と豪剣で、悪を裁く！ワルも一目置く人情同心が巨悪に挑む新シリーズ

隠れ刃 はぐれ同心 闇裁き2
喜安幸夫［著］

町人には許されぬ仇討ちに人情同心の龍之助が助っ人。敵の武士は松平定信の家臣、尋常の勝負はできない。〝闇の仇討ち〟の秘策とは？大好評シリーズ第2弾

因果の棺桶 はぐれ同心 闇裁き3
喜安幸夫［著］

死期の近い老母が打った一世一代の大芝居が思わぬ魔手を引き寄せた。天下の松平を向こうにまわし龍之助の剣と知略が冴える！大好評シリーズ第3弾

老中の迷走 はぐれ同心 闇裁き4
喜安幸夫［著］

百姓代の命がけの直訴を闇に葬ろうとする松平定信の黒い罠！龍之助が策した手助けの成否は？これぞ町方の心意気、天下の老中を相手に弱きを助けて大活躍！

斬り込み はぐれ同心 闇裁き5
喜安幸夫［著］

時の老中の家臣が水茶屋の妓に入れ揚げ、散財しているという。極秘に妓を〝始末〟するべく、老中一派は龍之助に探索を依頼する。武士の情けから龍之助がとった手段とは？

槍突き無宿 はぐれ同心 闇裁き6
喜安幸夫［著］

江戸の町では、槍突きと辻斬り事件が頻発していた。奇妙なことに物盗りの仕業ではない。町衆の合力を得て、謎を追う同心・鬼頭龍之助が知った哀しい真実！

口封じ はぐれ同心 闇裁き7

喜安幸夫［著］

大名や旗本までを巻き込む巨大な抜荷事件の探索を続ける同心・鬼頭龍之助は、自らの〝正体〟に迫り来る影の存在に気づくが……大人気シリーズ第7弾

強請《ゆすり》の代償 はぐれ同心 闇裁き8

喜安幸夫［著］

悪徳牢屋同心による卑劣きわまる強請事件。被害者かと思われた商家の妾には哀しくもしたたかな女の計算が。悪いのは女、それとも男？ 同心鬼頭龍之助の裁きは⁉

山峡の城 無茶の勘兵衛日月録

浅黄斑［著］

藩財政を巡る暗闘に翻弄されながらも毅然と生きる父と息子の姿を描く著者渾身の感動的な力作！本格ミステリ作家が長編時代小説を書き下ろし

火蛾《かが》の舞 無茶の勘兵衛日月録2

浅黄斑［著］

越前大野藩で文武両道に頭角を現わし、主君御供番として江戸へ旅立つ勘兵衛だが、江戸での秘命は暗殺だった……。人気シリーズの書き下ろし第2弾！

残月の剣 無茶の勘兵衛日月録3

浅黄斑［著］

浅草の辻で行き倒れの老剣客を助けた「無茶勘」こと落合勘兵衛は、凄絶な藩主後継争いの死闘に巻き込まれていく……。好評の渾身書き下ろし第3弾！

冥暗《めいあん》の辻 無茶の勘兵衛日月録4

浅黄斑［著］

深傷を負い床に臥した勘兵衛。彼の親友の伊波利三は、ある諫言から謹慎処分を受ける身に。暗雲が二人を包み、それはやがて藩全体に広がろうとしていた。

刺客の爪 無茶の勘兵衛日月録5
浅黄斑［著］

邪悪の潮流は越前大野から江戸、大和郡山藩に及び、苦悩する落合勘兵衛を打ちのめすかのように更に悲報が舞い込んだ。大河ビルドンクス・ロマン第5弾越前

陰謀の径《みち》 無茶の勘兵衛日月録6
浅黄斑［著］

次期大野藩主への贈り物の秘薬に疑惑を持った江戸留守居役松田と勘兵衛はその背景を探る内、迷路の如く張り巡らされた謀略の渦に呑み込まれてゆく……

報復の峠 無茶の勘兵衛日月録7
浅黄斑［著］

越前大野藩に迫る大老酒井忠清を核とする高田藩と福井藩の陰謀、そして勘兵衛を狙う父と子の復讐の刃！正統派教養小説の旗手が贈る激動と感動の第7弾！

惜別の蝶 無茶の勘兵衛日月録8
浅黄斑［著］

越前大野藩を併呑せんと企む大老酒井忠清。事態を憂慮した老中稲葉正則と大目付大岡忠勝が動きだす。藩御耳役・勘兵衛の新たなる闘いが始まった……！

風雲の谺《こだま》 無茶の勘兵衛日月録9
浅黄斑［著］

深化する越前大野藩への謀略。瞬時の油断も許されぬ状況下で、藩御耳役・落合勘兵衛が失踪した！正統派教養小説の旗手が着実な地歩を築く第9弾！

流転の影 無茶の勘兵衛日月録10
浅黄斑［著］

大老酒井忠清への越前大野藩と大和郡山藩の協力密約が成立。勘兵衛は長刀「埋忠明寿」習熟の野稽古の途次、捨子を助けるが、これが事件の発端となって…

月下の蛇 無茶の勘兵衛日月録11

浅黄斑［著］

越前大野藩次期藩主廃嫡の謀略が進むなか、勘兵衛は大目付大岡忠勝の呼び出しを受けた。藩随一の剣の使い手勘兵衛に、大岡はいかなる秘密を語るのか…！

秋蜩《ひぐらし》の宴 無茶の勘兵衛日月録12

浅黄斑［著］

越前大野藩の御耳役・落合勘兵衛は祝言のため三年ぶりの帰国の途に。だが、待ち受けていたのは五人の暗殺者……！苦闘する武士の姿を静謐の筆致で描く！

幻惑の旗 無茶の勘兵衛日月録13

浅黄斑［著］

祝言を挙げ、新妻を伴い江戸へ戻った勘兵衛の束の間の平穏は密偵の一報で急変した。越前大野藩の次期藩主・松平直明を廃嫡せんとする新たな謀略が蠢動しはじめたのだ。

蠱毒《こどく》の針 無茶の勘兵衛日月録14

浅黄斑［著］

越前大野藩の次期後継・松平直明暗殺計画は潰えたはずだが、新たな謀略はすでに進行しつつあった。藩内の不穏を察知した落合勘兵衛は秘密裡に行動を……

妻敵《めがたき》の槍 無茶の勘兵衛日月録15

浅黄斑［著］

越前大野藩の次期後継廃嫡を目論む大老酒井忠清と越後高田藩小栗美作による執拗な工作は、勘兵衛と影目付らの活躍で撃退した。が、更に新たな事態が……！

北瞑の大地 八丁堀・地蔵橋留書1

浅黄斑［著］

蔵に閉じ込めた犯人はいかにして姿を消したのか？岡っ引き喜平と同心鈴鹿、その子蘭三郎が密室の謎に迫る！捕物帳と本格推理の結合を目ざす記念碑的新シリーズ！

二見時代小説文庫

夜逃げ若殿 捕物噺 夢千両すご腕始末

聖龍人［著］

御三卿ゆかりの姫との祝言を前に、江戸下屋敷から逃げ出した稲月千太郎。黒縮緬の羽織に朱鞘の大小、骨董目利きの才と剣の腕で江戸の難事件解決に挑む！

夢の手ほどき 夜逃げ若殿 捕物噺2

聖龍人［著］

稲月三万五千石の千太郎君、故あって江戸下屋敷を出奔。骨董商・片岡屋に居候して山之宿の弥市親分とともに謎解きの才と秘剣で大活躍！ 大好評シリーズ第2弾

姫さま同心 夜逃げ若殿 捕物噺3

聖龍人［著］

若殿の許婚・由布姫は邸を抜け出て悪人退治。稲月三万五千石の千太郎君との祝言までの日々を楽しむべく由布姫は江戸の町に出たが事件に巻き込まれた！

妖《あや》かし始末 夜逃げ若殿 捕物噺4

聖龍人［著］

じゃじゃ馬姫と夜逃げ若殿。許婚どうしが身分を隠してお互いの正体を知らぬまま奇想天外な妖かし事件の謎解きに挑み、意気投合しているうちに…第4弾！

姫は看板娘 夜逃げ若殿 捕物噺5

聖龍人［著］

じゃじゃ馬姫と名高い由布姫は、お忍びで江戸の町に出て会った高貴な佇まいの侍・千太郎に一目惚れ。探索に協力してなんと水茶屋の茶屋娘に！ シリーズ第5弾

贋若殿の怪 夜逃げ若殿 捕物噺6

聖龍人［著］

江戸にてお忍び中の三万五千石の若殿・千太郎君の前に現れた、その名を騙る贋者。不敵な贋者の、真の狙いとは!? 許婚の由布姫は果たして…。大人気シリーズ第6弾

花瓶の仇討ち 夜逃げ若殿 捕物噺7

聖龍人［著］

骨董目利きの才と剣の腕で、弥市親分の捕物を助けて江戸の難事件を解決している千太郎。許婚の由布姫も、事件の謎解きに健気に大胆に協力する！ シリーズ最新刊